Super ET

Beppe Fenoglio
I ventitre giorni della città di Alba

Presentazione di Dante Isella

Einaudi

Prima edizione «I gettoni»

www.einaudi.it

ISBN 978-88-06-22695-4

Presentazione

Libro d'esordio di uno scrittore di razza, *I ventitre giorni della città di Alba* ebbero la sorte editoriale che ogni scrittore avrebbe desiderato. I dodici racconti della raccolta, che prende titolo dal primo, videro la luce nel giugno 1952: numero 11 dei «Gettoni», gli agili quaderni inventati e diretti da Elio Vittorini, il sagace scopritore di talenti che per certi suoi romanzi (l'ormai mitica *Conversazione in Sicilia* e *Uomini e no*), ma anche piú o meno per l'azione culturale svolta con il «Politecnico» e il lungo lavoro di traduttore e antologista degli Americani, incarnava meglio di altri, presso le generazioni del dopoguerra, l'idea di una narrativa senza precedenti in Italia: diretta, spedita, sciolta dai pesi culturali di una tradizione secolare come la nostra. Si aggiunga l'ambizione, non secondaria per un piemontese di provincia, di poter comparire col marchio torinese dello Struzzo.

Libro d'esordio, sí, ma, occorre dire subito, anche punto d'arrivo di un protratto, testardo esercizio di scrittura, applicato a un'esperienza unica, quale fu la feroce lotta di liberazione che Fenoglio combatté da partigiano sulle Langhe, in vista della sua città o poco lontano. Un'esperienza ancora incandescente, vissuta con lucida coscienza dei valori opposti in campo e con il coraggio di una giovinezza generosa di sé. Quei fatti (attacchi da una parte e dall'altra, rastrellamenti, imboscate, fucilazioni eccetera, ma anche la vita della natura e degli uomini sulle colline, il mutare della stagione, lo sfrascare di un uccello o di un animale selvatico, i silenzi, i fruscii...), talvolta appuntati all'istante in un foglietto di taccuino tascabile, a guerra finita furono assoggettati dalla memoria del loro protagonista a un lento processo di decantazione e ne sortí una serie di belle prove. È di appena undici anni fa il misterioso, casuale ritrovamento, sul greto del Tanaro, di quattro quaderni di *Appunti partigiani '44-'45* (i soli non perduti di quanti ancora ricordava nei suoi tardi anni la madre di Fenoglio), i quali ci hanno conservato la prima narrazione in otto capitoli brevi (l'ultimo troncato subito dopo l'inizio) di avvenimenti che in parte torneranno anche in séguito. Discende direttamente da quelle pagine il racconto *Novembre sulla collina di Treiso* pubblicato a sé, in una circostanza occasionale, l'anno stesso dei *Ventitre giorni*. Subito dopo, tra il '49 e l'inizio del '50, si collocano in successione i sette *Racconti della guerra civile* e *La paga del sabato*, che piacque subito a Italo Calvino come «documento della storia di una generazione» di fronte al «problema morale di tanti giovani ex partigiani». *La paga* sarebbe uscita alle stampe *post mortem*, nel 1969, ma da quel romanzo breve sacrificato al giudizio negativo di Vittorini, prontamente e spontaneamente condiviso nella sua rigorosa autocritica, Fenoglio avrebbe cavato due racconti (dai primi tre capitoli *Ettore va al lavoro*, dal settimo *Nove lune*) da conferire alla raccolta einaudiana che nel frattempo andava prendendo corpo. Un primo nucleo, formato da *I ventidue*, poi *ventitre, giorni della città di Alba* e da altri quattro testi desunti dai *Racconti della guerra civile*, due «partigiani» (*L'andata, Vecchio Blister*) e due «borghesi» (*L'acqua verde, Pioggia e la sposa*): una tematica bipartita che vale anche per gli altri testi; aggiunti via via, ma solo

dopo essere passati attraverso varie stesure, con sostitu-
zioni in corso d'opera (un racconto, *Gli inizi del partigiano
Raoul*, che scalza il già incluso *Nella valle di San Benedetto*), titoli che vengono mutati (*Un altro muro* in luogo di
Raffica a lato) e l'inserimento da ultimo, in ottava sede,
di *Quell'antica ragazza*, a compimento della dozzina stabi-
lita. Un lavoro tenace che, secondo un *modus operandi* a
cui Fenoglio sarebbe rimasto sempre fedele, non si limi-
ta a qualche correzione, a interventi sulla parola singola o
su un'espressione isolata, per una semplice rifinitura for-
male; è, invece, un riscrivere sempre tutto da capo. Quasi
il prendere ogni volta le mosse per la ripetizione insistita
di uno stesso esercizio, fino alla sua riuscita. Di stesura
in stesura, Fenoglio persegue in questi racconti una tensione che regge fino al suo calcolatissimo esaurimento.
Una carica di energia, specie negli attacchi, che richiama
lo slancio con cui Johnny, nel *Partigiano* (avviato appena
qualche anno dopo), scatta all'azione spallando il suo sten.
Si è detto degli attacchi. Memorabile, il primo: «Alba la
presero in duemila il 10 ottobre e la persero in duecento
il 2 novembre dell'anno 1944». È il "piglio" di cui parla il
risvolto critico, del "gettone" vittoriniano, che dice di
«racconti pieni di fatti», di «penetrazione psicologica tutta oggettiva», di «un temperamento di narratore crudo ma
senza ostentazione, senza compiacenze di stile», insomma
«asciutto, esatto». Nella *Letteratura dell'Italia unita* (1962),
dove Fenoglio è accolto tra i "Neorealisti" (in ristrettissi-
ma compagnia di un paio di coetanei), Contini definirà i
racconti dei *Ventitre giorni* «una trascrizione prettamente
esistenziale, non agiografica» della Resistenza («tanto piú
meritoria per chi era stato tra gli attori dell'evento») e ne
rileverà la «probità flaubertiana», con rinvio mentale «al
referto sugli avvenimenti politici nell'*Éducation sentimen-*

tale». Sappiamo come proprio questa probità gli avrebbe
giocato duramente contro, per tutti gli anni in cui da noi
si tese ad avallare un'interpretazione «ufficiale», celebra-
tiva, della lotta partigiana, rifiutando l'idea di «guerra civile»: la definizione che Fenoglio usò fin dal titolo della
sua prima raccolta, anticipando di vari decenni l'interpretazione della migliore storiografia.

Ovvia, naturalmente (non solo per la piemontesità), la
diretta chiamata in causa dell'opera di Pavese, sia il traduttore (in gara con Vittorini) di testi della grande letteratura anglosassone, campo privilegiato, fin da ragazzo,
delle piú appassionate frequentazioni di Fenoglio (la vera
scuola, nel conformismo politico dell'Italietta autarchico-
fascista, della sua solitaria formazione morale e stilistica),
sia l'autore, negli anni Quaranta, tra *Paesi tuoi* e *La luna e
i falò*, di romanzi brevi e racconti divenuti subito letture,
oggi si direbbe di culto, delle nuove generazioni. Ciò che
fa la differenza tra i due scrittori (secondo un'altra osser-
vazione di Contini) è che «In Pavese, sia detto senz'alcuna
diminuzione, diuturnamente si avverte la contenzione e la
volontà; mentre in Fenoglio fiorisce una poetica liberazione». Che è tutt'uno con la tensione, la carica di energia,
il piglio di cui si diceva; e che si ritrova anche nei racconti
successivi: una linea che si spezza con la diversa soluzione
stilistica di *Primavera di bellezza*. Quella poetica liberazione nasce dall'ardita scelta di vita partigiana di Fenoglio e
dei protagonisti delle sue storie, tutti giovani o giovanissi-
mi (Bimbo, come dice il suo nome di battaglia, ha quindici
anni; il vecchio Blister non ne ha quaranta).

L'accostamento di Fenoglio a Pavese non involge, s'in-
tende, soltanto luoghi, ambienti, condizioni di vita di un
Piemonte, tra città e campagna, che è dell'uno e dell'altro;
tocca nevralgicamente l'aspetto linguistico. Nei *Ventitre*

giorni il dialetto è appena un'inflessione della pronuncia (come il «solo piú», piem. *mak pí*, dei parlanti anche non incolti); piú frequenti sono invece alcuni tratti tipici del parlato, ridondanze, anacoluti, dislocazioni e, in particolare, l'uso del relativo irrazionale (ad apertura di pagina, in *Un altro muro*: «Quel garibaldino che te n'ho parlato prima»; «Uno che nel migliore dei casi gli restava qualche decina d'ore di vita», fino al corrente «al punto che siamo»). Ma colpisce di piú, per l'effetto che consegue, di una presa diretta sulla realtà, l'uso del transitivo in luogo dell'intransitivo o causativo, stilema tipico anche della tanto piú complessa lingua del *Partigiano*. A caso, anche qui: «ragionare [uno]» per "farlo ragionare", "convincerlo"; «oscillò tre volte il braccio»; «la zia scattò la testa a guardarlo» eccetera. Diversa, sappiamo, la soluzione linguistica esperita nel racconto lungo *La malora*, del 1954, le cui radici affondano in una spessa *couche* dialettale, corrispondente alla rappresentazione di una società contadina primitiva, antropologicamente chiusa negli schemi di un'immutabile vita ancestrale. I racconti «langaroli» dei *Ventitre giorni*, pur diversi, ne anticipano già qualche scheggia: *Quell'antica ragazza*, ma anche *L'acqua verde* e il bellissimo *Pioggia e la sposa* che si chiude con la vista lassú dirimpetto, in cima alla collina di Cadilú, di quella casa solitaria, bassa e storta: «di pietre annerite dall'intemperie, coi tetti di lavagna caricati di sassi perché non li strappi il vento delle colline, con un angolo tutto guastato da un antico incendio, con un'unica finestra e da quella spioveva foraggio». Cadilú. «Chi era l'uomo che di là dentro traeva la sua sposa?» All'orecchio di un estraneo (qual è il bambino che vi sale sotto una pioggia diluviante, invitato con la zia e il cugino prete a un pranzo di nozze), suona «barbaro il nome di quel posto sconosciuto come cosí

barbari piú non avrebbe trovati i nomi d'altri posti barbaramente chiamati».

Probabilmente sullo spunto di questa o di altre analoghe
rappresentazioni ambientali, i racconti dei *Ventitre giorni
della città di Alba* (titolo imposto *in extremis* dall'editore
Giulio Einaudi) si sarebbero dovuti chiamare *Racconti barbari*; e cosí li aveva battezzati Vittorini col pieno consenso
di Fenoglio. Piú che «un paesaggio naturale» quello che essi
presentano è «un paesaggio morale, con «un sapore «barbaro»», «un gusto «barbarico»» (insiste il risvolto critico
con cui sono presentati) «che persiste come gusto di vita
non solo nel costume del retroterra piemontese». Due anni
piú tardi, presentando *La malora*, dove i «rapporti umani»
già messi in campo nel primo "gettone", sono «ridotti alla nuda spietatezza (anche tra marito e moglie, e anche tra
padre e figli) del rapporto di lavoro», Vittorini, mentre rin-
novava a Fenoglio un larghissimo credito di stima («uno su
cui siamo piú inclini a puntare»), lo avrebbe allarmato del
pericolo di ricalcare per quella via dirupata il naturalismo di
certi provinciali dell'Ottocento, i Faldella, i Remigio Zena,
e di ripeterne il «modo artificiosamente spigliato con cui si
esprimevano a furia di afrodisiaci dialettali». L'avvertimen-
to, certo valido per altri «giovani scrittori» a cui Fenoglio
veniva assimilato, non poteva essere senza offesa per lui.
Il prolungamento della linea «provinciale» del suo lavoro,
in meno di un decennio, avrebbe toccato risultati come *Un
giorno di fuoco*, *Ma il mio amore è Paco*, racconti tra i piú fe-
licemente riusciti del nostro tempo; e il prolungamento della linea resistenziale, gli esiti del *Partigiano Johnny* e di *Una
questione privata*. Quando morí, nel 1963, Fenoglio aveva
quarant'anni. Su per giú l'età del vecchio Blister.

DANTE ISELLA

[2006].

Cronologia

1922   Giuseppe (Beppe) Fenoglio nasce ad Alba (Cuneo), il 1° marzo, da Amilcare (classe 1882) e da Margherita Faccenda (del 1896), il cui matrimonio è stato celebrato il 16 dicembre 1920. La famiglia abita in corso Langhe. È il primogenito di tre figli (di un solo anno maggiore del fratello Walter, di undici della sorella Marisa). Il padre è originario di Monforte; sceso in città per cercarvi una sorte meno avara, vi ha trovato lavoro come garzone di macelleria. E, per dirla con Montale, un mite carnefice: uomo di animo dolce, portato all'amicizia, lavoratore; solo tendenzialmente, se non altro per estrazione, un socialista turatiano, che persevera a non prendere la tessera del fascio; quanto a religione, un *barbèt* (in albese, uno che se la fa poco coi preti). La madre è di Canale d'Alba, nell'Oltretanaro. Il governo della famiglia è tenuto saldamente da lei, donna di educazione cattolica, intelligente, energica e concreta: un carattere forte, ambiziosa per i suoi figli di una vita migliore.

1928-29   Verso la fine degli anni Venti Amilcare Fenoglio si mette in proprio, da garzone diventando padrone di una macelleria nell'antico centro di Alba, a fianco del Duomo, in piazza Rossetti 1, angolo via Manzoni. La famiglia si trasferisce in un appartamento sopra la bottega, affittato da Madama Rogé (Roggero). Per qualche tempo i proventi della macelleria sono discreti, così da permettersi anche l'acquisto di una Fiat 509 su cui fare, con i bambini, brevi viaggi nel Cuneese. In piazza Rossetti i Fenoglio vivono fino al 1957.

1928-32   Supera, in quattro anni, le cinque classi elementari (saltando l'ultima) nella scuola Michele Coppino. È affetto da una lieve balbuzie che si accentua negli stati emozionali. Si distingue presto come scolaro silenzioso, riflessivo e di temperamento fantastico, appassionato alla lettura. Per consiglio del maestro Chiaffredo Cesana la madre, nonostante le ristrettezze della famiglia, lo iscrive al ginnasio.

1932-37   Frequenta il Ginnasio Giuseppe Govone di Alba. Fino al '37 trascorre le vacanze estive sulle colline delle Langhe a San Benedetto o a Murazzano, ospite di parenti paterni. Con lo studio della lingua inglese, iniziato al secondo anno (sotto la guida di Maria Luisa Marchiaro) nasce in lui una passione esaltante per la civiltà e la letteratura anglosassoni, in cui va scoprendo valori e ideali di rigore e di moralità consoni alle sue aspirazioni di vita. E per lui la rivelazione di una realtà piú degna, fatta di positive certezze, sul rovescio dei falsificati modelli della propaganda fascista e dell'angusta mentalità piccolo-borghese. Insieme con le molte letture di libri presi a prestito dalla biblioteca della scuola, sono di questi anni anche le prime traduzioni degli autori amati, inizio di un esercizio durato fin quasi alla morte. Nuotatore spericolato, col fratello e gli amici esplora le anse del Tanaro, il fiume della sua città, conosce i segreti delle sue rive, le acque della corrente a quei tempi ancora limpide e ricche di pesci. Alto, asciutto, ha fisico atletico. Gli piace la vita sportiva, la pallacanestro, il calcio, il tennis; partecipa anche della passione, diffusa ancora nei suoi luoghi, per le partite di pallone elastico, frequentando, come farà anche in séguito, lo sferisterio «Mermet».

1937-40   In prima liceo (sempre al Govone di Alba) ha per professore di filosofia don Natale Bussi, rettore del Seminario diocesano, col quale Fenoglio manterrà cordiali rapporti per tutta la vita; in terza, due insegnanti d'eccezione: per l'italiano, Leonardo Cocito, già suo professore nell'ultima classe del ginnasio (impiccato dai tedeschi il 7 settembre del '44), e, per la storia e la filosofia, Pietro Chiodi, studioso di Kierkegaard e di Heidegger (deportato in Germania, poi partigiano con Cocito), entrambi maestri mai dimenticati di antifascismo.
Nelle estati del '38 e del '39 trascorre le vacanze al mare di Alassio.
Ama il cinema, ricorda con facilità i motivi delle colonne sonore, le canzoni ascoltate alla radio o da un disco, che sa subito ricantare con bella voce. Ha, della bellezza fisica, un'ammirazione fortissima che, esasperando in lui un sentimento d'inferiorità (per la sua balbuzie e «il naso alla Cirano, piantato su un viso bitorzoluto» [Chiodi 1965.131]), lo rende perlopiú timoroso e impacciato nei rapporti con le compagne; sulle quali

tuttavia il fascino della sua cultura di *outsider* e certa naturale distinzione non mancano di fare colpo. Fra i difficili amori nati al liceo domina quello per una giovane albese, di piú elevato ceto sociale, che Fenoglio nei suoi scritti chiamerà Fulvia, dedicandole *Primavera di bellezza* e facendo della sua intrigante personalità di adolescente, avida di una vita non qualunque, il tema di *Una questione privata*.

1940-42   Si iscrive alla Facoltà di Lettere dell'Università di Torino, che frequenta saltuariamente, e sostiene nel biennio otto esami, con scarso interesse e risultati non brillanti.

1943   Nel gennaio è chiamato alle armi e frequenta il corso di addestramento Allievi Ufficiali, prima a Ceva (in PdB chiamata Moana), poi a Pietralata (Roma).
Con il proclama di Badoglio dell'8 settembre e lo sfasciarsi dell'esercito regio risale avventurosamente al nord e rientra in famiglia.
In dicembre, Beppe e il fratello partecipano all'assalto della caserma dei carabinieri di Alba che vengono costretti a liberare i padri dei giovani renitenti ai bandi di reclutamento fascisti, incarcerati per costringere i loro figli a presentarsi. In séguito a questo fatto vengono imprigionati vari notabili della città e anche il padre Fenoglio, poi rilasciato. (L'episodio è rievocato nel *Partigiano Johnny* I 4).

1944   Nel gennaio si unisce alle prime formazioni partigiane, entrando in un raggruppamento comunista della Brigata Garibaldi (cap.° Zucca), comandato dal tenente Rossi, detto «il Biondo», e operante nella zona tra Murazzano e Mombarcaro. Partecipa allo sfortunato combattimento di Carrú (3 marzo). Il fratello Walter, che in séguito all'arresto del padre si era presentato al distretto di Mondoví, trasferito ad Alessandria diserta nascondendosi a casa. Anche Beppe dopo lo scontro di Carrú e il successivo, massiccio rastrellamento rientra in famiglia. Ma, per una spiata, vengono entrambi arrestati, insieme con il padre, la madre e la sorella. Le donne vengono presto rilasciate, i maschi sono alla fine liberati, per intercessione di mons. Grassi Vescovo d'Alba, mediante uno scambio di prigionieri. In settembre riprende la strada delle colline, verso le Langhe del sud, insieme con Walter, unendosi alle Formazioni Autonome Militari (I e II Divisione Langhe) di Enrico Martini Mauri (Comandante Lampus) e di Piero Balbo (Comandante Nord): fanno parte del presidio di Mango, della II Divisione Langhe, agli ordini di Piero Ghiacci (il Pierre del *Partigiano Johnny*). È con le forze che il 10 ottobre liberano Alba e la tengono sino al 2 novembre. Dopo il proclama del gen. Alexander, che invita i partigiani a disperdersi per riprendere l'azione decisiva in primavera, trascorre da solo l'inverno, in un terribile isolamento, a Cascina della Langa. (v. Foglio matricolare dei Volontari della Libertà riprodotto in Vaccaneo 1990. 88-89; VIR [Vittorio Riolfo], *Beppe Fenoglio e gli uomini al muro*, «Corriere Albese», 12 giugno 1952, cit. da Rizzo 1976.48 n.; e testimonianza orale di Walter Fenoglio).

1945-46   Con il reimbandamento del febbraio, il 24 combatte la battaglia di Valdivilla in cui muore, fra gli altri, il padre di Nord (Giovanni Balbo, detto Pinin) e cadono, fucilati dopo la cattura, Tarzan (Dario Scaglione) e Set (Settimo Borello). Dal marzo al maggio svolge il compito di ufficiale di collegamento con le missioni alleate, nel Monferrato, nel Vercellese e nella Lomellina. Partecipa al combattimento di Montemagno del 19 aprile (al comando di Tek-tek, nome di battaglia di Luigi Acuto).
Il 2 giugno vota per la Monarchia.
Vive con disagio il ritorno alla vita normale e con essa la ripresa degli studi universitari che decide di abbandonare. Riprende invece, anche con maggior foga, l'abitudine di appartarsi a scrivere, in compagnia dell'eterna sigaretta. Riempie pagine e pagine, interi quaderni. Solo di scrivere gli importa, disinteressato a tutto il resto, dipendente per tutto il resto dagli altri. In una famiglia dove i sentimenti profondi non osano mai squarciare il velo di un pudore atavico, tradursi in parola o in gesto, nascono ora, tra lui e i suoi (escluso il solo padre), forti contrasti esacerbati dalle difficoltà economiche (i guadagni della macelleria continuano, dati i tempi, ad essere scarsi). Piú aspri, fino allo scontro aperto, i dissensi con la madre, che non gli nasconde la delusione per la sua rinuncia a finire gli studi e la disapprovazione per il suo perdere il tempo a scrivere anziché a studiare; oltre che per il vizio incallito del fumo. A lei che gli rimprovera, con tutti gli sforzi fatti, di non mirare a una laurea come il fratello, «La mia laurea – si dice rispondesse una volta, – me la porteranno a casa, sarà il mio primo libro pubblicato».

1947   In maggio, per la sua conoscenza dell'inglese e del francese, è assunto, come corrispondente con l'estero, in un'azienda vinicola di Alba (l'antica ditta «Figli di Antonio Marengo», di Mussa, nei pressi della stazione), che esporta soprattutto vermut e spumanti. Piú tardi ne sarà nominato procuratore. È un posto che, pur avendo offerte migliori, manterrà sempre, con la stima e l'affetto di tutti; un compito assolto con probità, non troppo impegnativo, salvo in certi periodi dell'anno. Mentre gli consente di contribuire ai bisogni della famiglia (Beppe lascia il suo intero stipendio alla madre che gli dà, di volta in volta, i soldi per il fumo e poco altro), il modesto impiego gli concede molto tempo per scrivere; persino in ufficio, quando libero dai suoi doveri.

I rari viaggi per lavoro lo portano al massimo a Genova o a Torino; talvolta in Francia.

1949   Col pseudonimo di Giovanni Federico Biamonti pubblica in «Pesci rossi» (il bollettino editoriale di Bompiani) il suo primo racconto, *Il trucco*. Presenta all'editore Einaudi i *Racconti della guerra civile*, cui ne fa seguire altri, e *La paga del sabato*. Calvino legge il romanzo e il 2 novembre gli esprime un giudizio molto favorevole.

1950   Il 4 gennaio ha un incontro a Torino con Vittorini, in procinto di varare i «Gettoni», la collana sperimentale di narrativa da lui pensata per poter scegliere nel «mucchio di scrittori giovani che vogliono fargli leggere quello che scrivono per averne giudizi, consigli, ecc.» Nell'occasione conosce di persona anche Calvino, col quale ha intrattenuto cordiali rapporti epistolari, destinati a saldarsi in una duratura amicizia; e, con lui, Natalia Ginzburg. Sono i suoi primi lettori editoriali. Per suggerimento di Vittorini rimette mano a *La paga del sabato*, di cui attua una nuova stesura.

In settembre, in luogo del romanzo definitivamente lasciato cadere, inizia a mettere a punto una nuova raccolta di dodici racconti, in parte già inclusi nei *Racconti della guerra civile*. Il carteggio di questi ultimi mesi del '51 e dei primi del '52 consente di seguirne il graduale formarsi (per esclusioni e aggiunte, nuove redazioni sostituite alle vecchie, ecc.)

1951   Insieme con Felice Campanello e Gianni Tuppino dà vita a un programma di attività culturali presso il Circolo Sociale, luogo d'incontro della borghesia albese. In tre o quattro serate vengono lette sue traduzioni, da T. S. Eliot, G. M. Hopkins e J. Donne.

Il Circolo e il bar dell'Hotel Savona (nella bella stagione il suo *dehors*) sono i ritrovi abituali, dove far tardi conversando, discutendo e giocando a carte, a ping pong o al biliardo con gli amici. Fra i quali, nel corso degli anni, sono il fotografo Aldo Agnelli, che ha ritratto piú volte Fenoglio, Carlo Prandi, Renzo Levis, Francesco Morra, Ugo Cerrato, Beppe Costa, Eugenio Corsini: compagni con cui dividere i piú diversi interessi, comprese, in gioventú, le partite di calcio e i «balli a palchetto» e sempre la passione per lo sport e le scampagnate in collina: mete preferite Niella, Feisoglio, il paese di origine di don Carlo M. Richelmy (sacerdote del Seminario a lui molto caro), ma soprattutto San Benedetto, con l'osteria di Placido. Frequenti anche le serate in casa del medico di Alba, Michelangelo Masera.

1952   In giugno escono *I ventitre giorni della città di Alba*, n. 11 dei «Gettoni» (il nuovo titolo, che scalza quello di *Racconti barbari* suggerito da Vittorini, è stato scelto tra maggio e giugno dall'editore).

1953   Nell'estate termina di scrivere *La malora*.

1954   Agli inizi di agosto esce *La malora* («Gettoni», n. 33) con un singolare risvolto di Vittorini, polemico verso «questi giovani scrittori dal piglio moderno e dalla lingua facile». Fenoglio ne è profondamente contrariato.

1955   Pubblica nella rivista «Itinerari» la traduzione di *The Rime of the Ancient Mariner* (La Ballata del vecchio marinaio) di S. T. Coleridge. (Ristampata nel 1964 da Einaudi, con una prefazione di C. Gorlier). Altre sue traduzioni e riduzioni dall'inglese saranno pubblicate postume, nel 1974 e 1982.

1957   Il fratello Walter, laureato in legge, ha intrapreso da anni una brillante carriera che lo porta ora a Ginevra a dirigere la Fiat Suisse. La sorella Marisa, che si è pure laureata in Scienze naturali, si sposa e va a vivere in Germania. I vecchi Fenoglio lasciano la macelleria e si trasferiscono, sempre con Beppe, in corso Langhe, dove già avevano abitato tanti anni prima, poi in corso Coppino.

1958   I suoi rapporti con la casa editrice dello Struzzo, pur restando saldi i vincoli sentimentali grazie soprattutto all'amicizia di Calvino, sono entrati in crisi dall'uscita della *Malora*. Né aiuta a migliorarli l'inconciliabilità delle sue ristrettezze finanziarie con i cronici ritardi nei pagamenti dei non lauti diritti d'autore. Anche dietro pressione di altri, e per suggerimento di Pietro Chiodi, nell'estate del '58 si mette in relazione con l'editore Garzanti e gli presenta in lettura la prima parte di un grosso romanzo sugli anni 1943-1945, che va scrivendo e riscrivendo da oltre due anni.

Nel settembre accusa condizioni fisiche non buone; tra novembre e dicembre si ammala di pleurite.

1959   Nell'aprile, nella collana «Romanzi Moderni Garzanti» esce *Primavera di bellezza*, non piú legata, come nel progetto iniziale, a una seconda parte, ma romanzo autonomo. A questa risoluzione è giunto anche in séguito alle obbiezioni ricevute da Livio Garzanti. Firma con lui un contratto che contiene una clausola di opzione per cinque anni sui suoi inediti.
Vince il Premio Prato.
Ha iniziato a scrivere un nuovo romanzo di vita partigiana (v. in questa edizione *L'imboscata*).
Nell'inverno si sottopone a un urgente esame medico generale, a Torino. Gli viene riscontrata un'affezione alle coronarie, complicata da «una ormai annosa asma bronchiale».

1960   Il 28 marzo sposa, civilmente (non senza scalpore nell'ambito albese), Luciana Bombardi, una giovane conosciuta e amata già nell'immediato dopoguerra, la cui famiglia ha un noto negozio di pelletterie nella centrale via Maestra. Meta del viaggio di nozze Ginevra, dove può disporre liberamente della casa del fratello. Abbandonato il progetto dell'*Imboscata*, attende intensamente alla triplice stesura di *Una questione privata*.

1961   Calvino lo stimola a raccogliere i suoi nuovi racconti, in parte letti in rivista, per presentarli al Premio internazionale Formentor. Lavora alla raccolta che vorrebbe intitolare *Racconti del parentado* e che, alla firma del contratto con Einaudi (novembre), accetta si chiami *Un giorno di fuoco*. Il libro è avviato alla stampa; ma l'editore Garzanti rivendica su di esso i propri diritti e, poiché le trattative corse tra i due staff editoriali non raggiungono il compromesso cercato, la raccolta è bloccata.
Inizia a comporre gli *Epigrammi*, avvia una nuova serie di "racconti del parentado" (*I penultimi*), collabora, dall'ottobre, al progetto di una sceneggiatura cinematografica di argomento contadino.

1962   Gli nasce (9 gennaio) la figlia Margherita. Per lei, che ripete il nome della nonna, scrive due raccontini, *La favola del nonno* e *Il bambino che rubò uno scudo*.

Su «Paragone», n. 150 (giugno), esce il racconto *Ma il mio amore è Paco* per il quale gli viene assegnato il premio Alpi Apuane. Vincendo la sua estraneità agli ambienti letterari si reca a riceverlo di persona, festeggiato dai molti ammiratori, primi dei quali Anna Banti e Roberto Longhi. Allarmato da un'emottisi abbandona la Versilia. A Bra, dove si reca per una visita medica, gli viene diagnosticata una forma di tubercolosi con complicazioni respiratorie. Per curarla, trascorre il settembre e parte dell'ottobre a Bossolasco, a 800 metri di altitudine, ospite dell'Albergo Bellavista, dove legge, scrive, conversa e fa passeggiate con alcuni pittori torinesi, Menzio, Paulucci, Irene Invrea (abituali frequentatori di quella località), e con gli amici albesi che salgono a trovarlo.

La malattia si aggrava e viene ricoverato prima in una clinica privata di Bra, poi alle Molinette di Torino dove gli viene riconosciuto un cancro ai bronchi.

1963   Con l'aggravarsi del male soffre di spaventose crisi da soffocamento. Negli ultimi giorni, tracheotomizzato, comunica con i suoi familiari e visitatori scrivendo sui foglietti di un taccuino. In uno di questi, per il fratello, chiede un «Funerale civile, di ultimo grado, domenica mattina, senza soste, fiori e discorsi». Il mattino del 17 febbraio entra in coma e muore nella notte del 18.

Viene sepolto nel cimitero di Alba, con poche parole dette sulla tomba da don Bussi.

Otto giorni prima della morte, su «La Gazzetta del Popolo» esce un suo atto unico, scritto negli ultimi tempi (*Solitudine*). A fine aprile l'editore Garzanti pubblica *Un giorno di fuoco*, titolo sotto il quale compaiono i sei racconti già selezionati dall'autore, seguiti da altri sei, ricavati dalle sue carte, e da *Una questione privata*, reperita da Lorenzo Mondo e aggiunta in extremis.

1968   A cura di Lorenzo Mondo esce da Einaudi *Il partigiano Johnny* che conquista a Fenoglio un vasto pubblico di lettori.

1969   Einaudi pubblica, a cura di Maria Corti, *La paga del sabato*, il romanzo giovanile rimasto inedito.

1972   Muore il padre.

1973   Gino Rizzo pubblica da Einaudi una raccolta di inediti, *Un Fenoglio alla prima guerra mondiale*, che comprende le serie incom-

piute di *Il paese* e *I penultimi*, due racconti (*La licenza* e *Il mortorio Boeri*), e un testo appena avviato, di incerto sviluppo, da cui prende titolo il volume.
Ad Alba si tiene il primo Convegno di Studi Fenogliani.

1974   Esce da Einaudi *La voce nella tempesta*, da *Cime tempestose* di Emily Brontë (una giovanile riduzione teatrale di *Wuthering Heights*), a cura di Francesco De Nicola.

1978   Escono le *Opere* complete (in tre volumi di cui il primo in tre tomi), edizione critica diretta da Maria Corti e pubblicata da Einaudi.

1982   Appare la traduzione di Kenneth Graham, *Il vento nei salici* [*The Wind in the Willows*], pubblicata da John Meddemmen (Einaudi).

1983   All'Università di Lecce ha luogo il secondo Convegno di Studi Fenogliani.

1989   Muore, novantatreenne, la madre.
Nell'ambito delle manifestazioni biennali «Piemonte e Letteratura» ha luogo a San Salvatore Monferrato il Convegno «Beppe Fenoglio oggi».

I ventitre giorni della città di Alba

I ventitre giorni della città di Alba

Alba la presero in duemila il 10 ottobre e la persero in duecento il 2 novembre dell'anno 1944.

Ai primi d'ottobre, il presidio repubblicano, sentendosi mancare il fiato per la stretta che gli davano i partigiani dalle colline (non dormivano da settimane, tutte le notti quelli scendevano a far bordello con le armi, erano esauriti gli stessi borghesi che pure non lasciavano piú il letto), il presidio fece dire dai preti ai partigiani che sgomberava, solo che i partigiani gli garantissero l'incolumità dell'esodo. I partigiani garantirono e la mattina del 10 ottobre il presidio sgomberò.

I repubblicani passarono il fiume Tanaro con armi e bagagli, guardando indietro se i partigiani subentranti non li seguivano un po' troppo dappresso, e qualcuno senza parere faceva corsettine avanti ai camerati, per modo che, se da dietro si sparava un colpo a tradimento, non fosse subito la sua schiena ad incassarlo. Quando poi furono sull'altra sponda e su questa di loro non rimase che polvere ricadente, allora si fermarono e voltarono tutti, e in direzione della libera città di Alba urlarono: – Venduti, bastardi e traditori, ritorneremo e v'impiccheremo tutti! – Poi dalla città furon visti correre a cerchio verso un sol punto: era la truppa che si accalcava a consolare i suoi ufficiali che piangevano e mugolavano che si sentivano morire dalla vergogna. E quando gli parve che fossero consolati abbastanza tornarono a rivolgersi alla città e a gridare: – Venduti, bastardi…! – eccetera, ma stavolta un po' piú sostanziosamente, perché non erano tutti improperi quelli che mandavano, c'erano anche mortaiate che riuscirono a dare in seguito un bel profitto ai conciatetti della città. I partigiani si cacciarono in porte e portoni, i borghesi ruzzolarono in cantina, un paio di squadre corse agli argini da dove aprí un fuoco di mitraglia che ammazzò una vacca al pascolo sull'altra riva e fece aria ai repubblicani che però marciaron via di miglior passo.

Allora qualcuno s'attaccò alla fune del campanone della cattedrale, altri alle corde delle campane dell'altre otto chiese di Alba e sembrò che sulla città piovesse scheggioni di bronzo. La gente, ferma o che camminasse, teneva la testa rientrata nelle spalle e aveva la faccia degli ubriachi o quella di chi s'aspetta il solletico in qualche parte. Cosí la gente, pressata contro i muri di via Maestra, vide passare i partigiani delle Langhe. Non che non n'avesse visti mai, al tempo che in Alba era di guarnigione il II Reggimento Cacciatori degli Appennini e che questi tornavano dall'aver rastrellato una porzione di Langa, ce n'era sempre da vedere uno o due con le mani legate col fildiferro e il muso macellato, ma erano solo uno o due, mentre ora c'erano tutti (come credere che ce ne fossero altri ancora?) e nella loro miglior forma.

Fu la piú selvaggia parata della storia moderna: solamente di divise ce n'era per cento carnevali. Fece un'impressione senza pari quel partigiano semplice che passò rivestito dell'uniforme di gala di colonnello d'artiglieria cogli alamari neri e le bande gialle e intorno alla vita il cinturone rossonero dei pompieri col grosso gancio. Sfilarono i badogliani con sulle spalle il fazzoletto azzurro e i garibaldini col fazzoletto rosso e tutti, o quasi, portavano ricamato sul fazzoletto il nome di battaglia. La gente li leggeva come si leggono i numeri sulla schiena dei corridori ciclisti; lesse nomi romantici e formidabili, che andavano da Rolando a Dinamite. Cogli uomini sfilarono le partigiane, in abiti maschili, e qui qualcuno tra la gente cominciò a mormorare: – Ahi, povera Italia! – perché queste ragazze avevano delle facce e un'andatura che i cittadini presero tutti a strizzar l'occhio. I comandanti, che su questo punto non si facevano illusioni, alla vigilia della calata avevano dato ordine che le partigiane restassero assolutamente sulle colline, ma quelle li avevano mandati a farsi fottere e s'erano scaraventate in città.

A proposito dei capi, i capi erano subito entrati in municipio per trattare col commissario prefettizio e poi, dietro invito dello stesso, si presentarono al balcone, lentamente, per dare tutto il tempo ad un usciere di stendere per loro un ricco drappo sulla ringhiera. Ma videro abbasso la piazza vuota e deserti i balconi dirimpetto. Sicché la guardia del corpo corse in via Maestra a spedire in piazza quanti incontrava. A spintoni ne arrivò un centinaio, e stettero con gli occhi in alto ma con le braccia ciondoloni. Allora le guardie del corpo serpeggiarono in quel gruppo chiedendo tra i denti: – Ohei, perché non battete le mani? – Le batterono tutti e interminabilmente nonché di cuore. Era stato un attimo di sbalordimento: su quel balcone c'erano tanti capi che in proporzione la truppa doveva essere di ventimila e non di duemila uomini, e poi in prima fila si vedeva un capo che su dei calzoncini corti come quelli d'una ballerina portava un giubbone di pelliccia che da lontano sembrava ermellino, e un altro capo che aveva una divisa completa di gomma nera, con delle cerniere lampeggianti. Intanto in via Maestra non c'era piú niente da vedere:

giunti in cima, i partigiani scantonarono. Una torma, che ad ogni incrocio s'ingrossava, corse ai due postriboli della città, con dietro un codazzo di ragazzini che per fortuna si fermarono sulla porta ad attendere pazientemente che ne uscisse quel partigiano la cui divisa o la cui arma li aveva maggiormente impressionati. In quelle due case c'erano otto professioniste che quel giorno e nei giorni successivi fecero cose da medaglie al valore. Anche le maîtresses furono bravissime, riuscirono a riscuotere la gran parte delle tariffe, il che è un miracolo con gente come i partigiani abituata a farsi regalar tutto.

Ma non erano tutti a puttane, naturalmente, anzi i piú erano in giro a requisir macchine, gomme e benzina. Non senza litigare tra loro con l'armi fuor di sicura, scovarono e si presero una quantità d'automobili con le quali iniziarono una emozionante scuola di guida nel viale di circonvallazione. Per le vie correvano partigiani rotolando pneumatici come i bimbi d'una volta i cerchi nei giardini pubblici. A conseguenza di ciò, la benzina dava la febbre a tutti. In quel primo giorno e poi ancora, scoperchiavano le vasche dei distributori e si coricavano colla pancia sull'asfalto e la testa dentro i tombini. – Le vasche sono secche, secche da un anno, – giuravano i padroni, ma i partigiani li guardavano in cagnesco e dicevano di vedere i riflessi e che quindi la benzina c'era. I padroni cercavano di spiegare che i riflessi venivano da quelle due dita di benzina che restano in ogni vasca vuota, ma che la pompa non pescava piú. Allora i partigiani riempivano di bestemmie le vasche e lasciavano i padroni a tapparle. Benzina ne scovarono dai privati, pochissima però, la portavano via in fiaschi. Quel che trovarono in abbondanza fu etere, solvente ed acquaragia coi quali combinarono miscele che avvelenarono i motori.

Altri giravano con in mano un elenco degli ufficiali effettivi e di complemento della città, bussavano alle loro porte vestiti da partigiani; e ne uscivano poi bardati da tenenti, capitani e colonnelli. Invadevano subito gli studi dei fotografi e posavano in quelle divise, colla faccia da combattimento che spaccava l'obiettivo.

Intanto, nel Civico Collegio Convitto che era stato adibito a Comando Piazza, i comandanti sedevano davanti a gravi problemi di difesa, di vettovagliamento e di amministrazione civile in genere. Avevano tutta l'aria di non capircene niente, qualche capo anzi lo confessò in apertura di consiglio, segretamente si facevano l'un l'altro una certa pena perché non sapevano cosa e come deliberare. Comunque deliberarono fino a notte.

Quella prima notte d'occupazione passò bianca per civili e partigiani. Non si può chiuder occhio in una città conquistata ad un nemico che non è stato battuto. E se il presidio fuggiasco avesse cambiato idea, o avesse incontrato sulla sua strada chi gliel'avesse fatta cambiare, e cercasse di rientrare in Alba quella notte stessa? I borghesi nell'insonnia ricordavano che la sera, nel primo buio, quel pericolo era nell'aria e stranamente deformava le case e le vie, appesantiva i rumori, rendeva la città a momenti irriconoscibile a chi c'era nato e cresciuto. E i partigiani, che in collina riuscivano a dormire seduti al piede d'un castagno, sulle brande della caserma non chiusero occhio. Pensavano, e in quel pensare che a tratti dava nell'incubo, Alba gli pareva una grande trappola colle porte già abbassate. Era l'effetto del sentirsi chiusi per la prima volta; le ronde che viaggiavano per la città nel fresco della notte erano molto piú tranquille e spensierate.

Non successe niente, come niente successe negli otto giorni e nelle otto notti che seguirono. Accadde solo che i borghesi ebbero campo d'accorgersi che i partigiani erano per lo piú bravi ragazzi e che come tali avevano dei brutti difetti, e che in materia di governo civile i repubblicani erano piú competenti di loro. Accadde ancora che uno di quei giorni, all'ora di pranzo, da Radio Torino si sentirono i capi fascisti del Piemonte alternarsi a giurare che l'onta di Alba sarebbe stata lavata, rovesciata la barbara dominazione partigiana eccetera eccetera.

La mattina del 24 ottobre, le scolte sul fiume che di buonora pescavano colle bombe a mano facendo una strage di pesci che ancor oggi i pescatori se ne lamentano, videro sulla strada Alba-Bra avanzarsi un nuvolone di polvere e da questo usciva un tuono di motori. Spiando negli intervalli tra un pioppeto e l'altro, contarono una dozzina di grossi camion e un paio di piccoli carri armati.

Su Alba suonò la sirena municipale, i civili s'incantinarono e la guarnigione corse agli argini che già sul fiume s'incrociavano i primi colpi.

La repubblica stabilí un fronte di non piú di mezzo chilometro, disteso tra un pescheto e un arenile, e cercò di far forza nel punto migliore per il guado, immediatamente a valle del ponte bombardato dagli inglesi. Ma i partigiani concentrarono le mitraglie e quando quelli si presentarono al pulito, fecero una salva che li ricacciò tutti nei cespugli. Finché mandarono avanti uno di quei carri armati che si calò nel greto come un verme. Facendo fuoco da tutti i suoi buchi, entrò nella prima acqua alta due palmi, ma un mortaista partigiano azzeccò un colpo da 81 che rovinò giusto sul carro che fece poi molte smorfie per tornarsene via. E dopo un altro po' di bordello tanto per prorogare il pranzo ai partigiani, all'ora una pomeridiana la repubblica se ne andò, ma non cosí in fretta che una squadra partigiana non guadasse il fiume e arrivasse al sedere della retroguar-

dia, e se non la catturarono tutta fu perché persero tempo
a raccattare le armi che quelli gettavano.

La sirena suonò il finis, e fu un bel pomeriggio con in
piazza Umberto I il sole e la popolazione tutta ad aspettare
i partigiani che tornavano dagli argini cantando la famosa
canzone che dice:

> O tu Germania che sei la piú forte,
> Fatti avanti se ci hai del coraggio,
> Se la repubblica ti lascia il passaggio,
> Noi partigiani fermarti saprem!

Si dichiarò il pomeriggio festivo, la gente riempí i caffè
e offriva le bibite ai partigiani. Fecero accender le radio
sulla stazione di Torino e siccome Radio Torino taceva,
gridavano: – Parla adesso, parla adesso! – e la presenza di
tante signore e signorine patriote non era un motivo per cui
non si dovesse dar forte del fottuto a quelli di Radio Torino.

Ma la sera e la notte molti pensarono che era forse meglio
che i partigiani non l'avessero date tanto secche ai fascisti, perché poteva darsi che si dovesse poi pagare il conto.

L'indomani, da Radio Torino parlò il federale di tutto
il Piemonte e, sorvolando sul fatto d'armi del giorno pre-
cedente, disse che Alba sarebbe stata riconquistata alla
vera Italia ad ogni costo e quanto prima. Tutti in Alba lo
ascoltarono e, partigiani per primi, presero le sue parole
interamente sul serio. Le pattuglie notturne sugli argini furono triplicate; era un servizio che portava l'esaurimento
nervoso, col fiume che di notte fa migliaia di rumori tutti
sospetti e sull'altra riva luci che s'accendono e si spengo-
no. Una parte dei borghesi lasciò la città dicendo ai vicini
che andavano a passare un po' di giorni in campagna, e
nessuno si ricordò d'obiettare che non era piú la stagione.

Ma verso la fine d'ottobre piovve in montagna e piovve in pianura, il fiume Tanaro parve rizzarsi in piedi tan-

to crebbe. La gente ci vide il dito di Dio, veniva in massa sugli argini nelle tregue di quel diluvio e studiava il livello delle acque consentendo col capo. Pioveva notte e giorno, le pattuglie notturne rientravano in caserma tossendo. Il fiume esagerò al punto che si smise d'aver paura della repubblica per cominciare ad averne di lui. Poi spiovve decisamente, ma il fiume rimase di proporzioni piú che incoraggianti. Sugli argini, a tutte l'ore, conveniva parecchia gente, quasi tutti oziavano perché non c'era piú la costanza di lavorare in quello stato di cose, e tra quella gente c'erano vecchi soldati della guerra del '15 che esaminavano il Tanaro e facevano paragoni col Piave.

Lo stesso giorno che spiovve, il Comando Piazza, per certe vie note a lui solo, venne a sapere che i repubblicani avrebbero attaccato, attaccato agli ordini di generali e non piú tardi del 3 novembre. Il Comando provvide a far minare qualche tratto d'argine, ad allagare dei prati tra il fiume e la città deviando un canale d'irrigazione e a far preparare le liste dei civili da reclutare per la costruzione di barricate alle porte della città. Altro non gli riuscí di fare perché gli portò via un gran tempo il dare udienza ad una infinità di gente che aveva cose importantissime da riferire; erano per lo piú commercianti ambulanti che battevano i mercati dell'Oltretanaro presidiati dalla repubblica e sapevano adocchiar tutto guardando in terra. Cosí si seppe tra l'altro che sulla collina di Santa Vittoria avevano già postati i cannoni da 149 prolungati coi quali, in caso di difesa irragionevolmente protratta, avrebbero spianato la città di Alba, e che a monte di Pollenzo c'era ormeggiata una flottiglia di barconi per il passaggio del fiume.

Ma la notizia piú interessante e sicura la portò al Comando un prete della Curia: si trattava che i capi fascisti chiedevano un colloquio in zona partigiana e si auguravano che per il bene della città di Alba i capi ribelli lo concedessero. I capi partigiani non dissero di no e il giorno fissato si recarono con scorta al punto stabilito, alquanto distante dalla città che era il nocciolo della questione. I capi fascisti, i piú terribili nomi di quella repubblica, arrivarono tagliando il fiume con un barcone e siccome quella traversata poteva rappresentare una prova generale, i partigiani sull'altra sponda rimasero malissimo a vedere con che sicurezza quel barcone passò il fiume gonfio. Sbarcarono, e mentre i piú salirono a riva col fango alto agli stivali, alcuni vecchi e grassi s'impantanarono irrimediabilmente. Si videro allora i partigiani della scorta calarsi in quel fango, caricarsi i gerarchi sulle spalle e riarrampicarsi poi a depositarli sul solido. I gerarchi ringraziarono, offrirono sigarette tedesche, quindi s'appartarono coi parigrado partigiani.

Fu un lunghissimo parlamentare che fece crescer la barba alla scorta, ma alla fine si restò come se niente fosse stato detto. I fascisti non vollero dire che non avevan voglia di riprendersi Alba con la forza, i partigiani non vollero dire che non si sentivano di difenderla a lungo, e da queste reticenze nacque la battaglia di Alba. I capi fascisti infangatissimi ripartirono col loro barcone dicendo: – Arrivederci sul campo, – i partigiani risposero: – Certamente, – e stettero a guardare se quelli per caso non facessero naufragio. Non lo fecero.

La mattina del primo di novembre, i comandanti di tutte le squadre della guarnigione furono convocati al Comando Piazza e poi congedati all'ora di mezzogiorno dopo aver sentito parlare di difesa a capisaldi, di massa di manovra, di collegamenti a vista e cosí via. Insomma ne uscirono con le idee confuse, ma poiché nessuno si decise a fare il primo, non tornarono sui loro passi a farsele, se possibile, chiarire. Lungo la strada di ritorno ai singoli accantonamenti, pagarono questa conservazione di prestigio con dei tremendi interrogativi di coscienza. Due sole cose erano ben chiare, e cioè che la repubblica avrebbe attaccato all'alba dell'indomani e che avrebbe cercato di passare sul ponte sospeso di Pollenzo, quel ponte che i partigiani non erano riusciti a rompere semplicemente perché era guardato dai tedeschi che alloggiavano fin dall'armistizio in quel castello reale, in numero sufficiente per infischiarsi di tutti i partigiani delle Langhe.

Il dopopranzo le squadre, tempestando di domande i loro capi, uscirono di città e infilarono la strada Alba-Gallo tirando a mano dei carretti sui quali avevano caricato le mitragliatrici e le casse delle munizioni. Si fermarono dove i capi dissero di fermarsi, presero visione del tratto di fronte loro assegnato e, lasciateci le sentinelle, andarono a trovarsi tutt'insieme sull'aia della cascina di San Casciano che era in metà giusta delle posizioni. Su quell'aia grande come una piazza si trovarono insieme i duecento uomini sui quali pesò quasi interamente la battaglia di Alba. Fecero un coro di *O tu Germania che sei la piú forte*, celiarono in tutti i modi e senza pietà sul fatto che l'indomani era il due di novembre giorno dei morti ed ebbero anche lo spettacolo. Due polacchi, disertori della Wehrmacht e partigiani badogliani, ubriachi marci, fecero segno a tutti di stare a vedere, andarono a collocare due bottiglie vuote sul muretto in fondo all'aia, sbandando tornarono all'altro termine, puntarono i loro fucili tedeschi e le due bottiglie laggiú volarono in polvere. Tutti applaudirono e pensarono che domani in quei mirini ci sarebbe stata carne di fascisti. Cosí fecero sera e tornarono ciascuna squadra alla cascina piú prossima alla rispettiva posizione.

Là cenarono a pane e salame e poi si riposarono. Per le finestre videro farsi notte di colpo e sentirono che faceva un freddo crudo. Fuori rumoreggiava il fiume, dentro si udiva solo respirare, il massimo rumore era quello dei zolfini sfregati per le sigarette. Il fatto è che tra loro non c'era un adulto, quelli che avevano fatto il soldato nel Regio Esercito erano forse cinque ogni cento. Nel buio di quella vigilia di battaglia, molti di quei minorenni che, per non aver mai voluto tirare alle galline, non avevano mai sparato il fucile, si domandavano ora se sparare poteva esser complicato e se il colpo faceva male alle orecchie. Poi pensavano a quelli che aspettavano per l'indomani sul presto, ammettevano che quelli sparare sapevano, e allora si tastavano la pelle o anche solo la camicia.

Poco prima di mezzanotte arrivò un portaordini del Comando Piazza ad avvisare che il posto di medicazione era dietro il cimitero e che il servizio sanitario lo prestavano volontariamente gli studenti albesi in medicina e farmacia. Si sentí un singhiozzo nel buio, ma mezz'ora dopo che il portaordini se n'era andato, per il fatto e la fortuna che erano tutti ragazzi, s'erano già tutti addormentati nelle stalle e sui fienili. E s'addormentò anche qualche sentinella.

La mattina del 2 novembre ci fu per sveglia un boato, verso le quattro e mezzo. I partigiani a dormire sui fienili trascurarono le scale a pioli e saltaron giú da due e piú metri. Solo per una formalità i comandanti mandarono a vedere se c'era rimasto qualcuno addormentato. Partí una pattuglia dei piú vecchi a vedere cos'era successo. Tornò che erano già tutti in trincea e riferí che un uomo, un borghese, era passato per il campo minato ed era subito saltato in aria ed era là morto. Tutti alla notizia sorrisero e qualcuno disse che era pronto a scommettere che la repubblica non veniva. C'era chi gli avrebbe scommesso contro, ma non ebbe il tempo perché, mentre ai campanili di Alba battevano le cinque, sul fiume scoppiò un rumore da non sapere se erano gli uomini a farlo o la terra o Dio, il rumore che comincia le battaglie, e dalla collina dei Biancardi la mitragliera partigiana prese a far pom pom, si vedevano le sue pallottole traccianti sprofondarsi nei pioppeti del fiume e niente piú.

I repubblicani avevano passato il fiume sul ponte sospeso di Pollenzo con tutta fanteria e vicino al punto dove presero terra, una pattuglia di quattro partigiani, stanca di far la guardia su e giú, s'era ritirata in un casotto di pesca e stavano col lume acceso a far dei giri a poker. Arrivarono loro, non corsero spiegazioni, li ammazzarono colle carte in mano.

Su Alba suonò la sirena municipale e i partigiani in trincea s'irritarono per quel fracasso superfluo e gridavano verso il Comando Piazza, quasi da laggiú potessero sentirli: – State tranquilli che abbiamo sentito, state tranquilli che siamo in allarme!

Si sentivano assai meglio che la notte, e tutti attenti e seri osservavano la traiettoria della loro mitragliera, le nuvolette delle mortaiate dei fascisti che mettevano un colpo sopra l'altro come tanti scalini per arrivare in cima alla collina dei Biancardi, e facevano congetture molto sensate. Uno spettacolo che assorbiva tutt'intera la loro attenzione, e fu un peccato che una staffetta venisse a disturbarli col trasferimento, spiegando che non era piú necessario vegliare sugli argini e che tutti dovevano adesso portarsi sulla linea di San Casciano, perpendicolare alla strada Gallo-Alba che era evidentemente la direttrice d'attacco del nemico. Nel momento che si mossero, prese a piovere, una pioggia pesante che marcí la terra al punto che quando arrivarono dopo non piú di dieci minuti di cammino e posarono le mitraglie, la terra cedeva sotto i treppiedi.

Quella era la linea principale e correva giusto a filo del

muro di cinta della cascina di San Casciano. Dal finestrone della torretta della cascina si sporse un comandante con sul petto i binoccoli e gridò ai nuovi arrivati: – Ricordatevi che non si spara se non ve lo dico io. E non fumate, razza d'incoscienti! – urlò a certuni che pur ascoltandolo attentamente s'eran messi a fumare colle mani a cupola sulle sigarette perché la pioggia non le marcisse.

Tutti tenevano d'occhio la traiettoria della mitragliera di Villa Biancardi, convinti che stava facendo un bel lavoro e che a quest'ora i fascisti non erano già piú vergini di morti. Di quando in quando studiavano il terreno davanti a loro e smuovevano di continuo i piedi per non trovarseli al momento buono imprigionati nel fango che cresceva come se avesse il lievito dentro.

Di colpo la mitragliera obliquò paurosamente il tiro, cercava di battere i piedi della sua collina, e nella trincea di San Casciano un partigiano che sembrava competente disse: – Significa che le sono spuntati sotto senza farsi notare –. La mitragliera lasciò partire un rafficone lunghissimo, frenetico, poi tacque. Dopo due minuti erano tutti persuasi che a Villa Biancardi era veramente finita, nemmeno le mortaiate scoppiavano piú sul fianco della collina.

Mancava poco alle sette, e il partigiano competente disse: – Mah! Adesso entra in batteria la mitragliera di Castelgherlone –. Tutti guardarono a Castelgherlone, una grande villa rustica sul versante a sinistra: si vedeva la tozza canna della mitragliera sporgere d'un palmo dall'ogiva della torre. A San Casciano quel comandante coi binoccoli s'affacciò al finestrone e disse: – Tocca a noi, – e nient'altro.

Ma aspettarono un pezzo, i repubblicani nemmeno si sentivano, e i partigiani, siccome non li sentivano, speravano di vederli. Ma per quanto sforzassero gli occhi tra quella pioggia e il verde, non li vedevano. Tanto che dopo un po' qualcuno, a forza di non vederseli davanti, pensò di voltarsi a guardare se per caso non gli erano già dietro. Macché, pareva che avessero abbandonato la campagna per mettersi al riparo da quella grande acqua. Perché pioveva come in principio, e le armi si arrugginivano a vista d'occhio.

Per i partigiani che cominciavano a guardarsi in faccia fu un sollievo sentire a un certo punto la mitragliera di Castelgherlone aprire il fuoco. Rafficava piuttosto spesso e i suoi traccianti cadevano piuttosto obliqui nella pianura. Dall'angolo di caduta calcolarono che la repubblica non era piú distante di trecento metri. Allora si misero bene a posto loro e le armi, obbligando le palpebre a non battere guardavano fissi avanti a sé e con le orecchie tese fino al dolore aspettavano che dal finestrone quello dei binoccoli dicesse qualcosa. Seguitò a non dir niente, finché un minorenne perse la testa e sparò e cinque o sei altri l'imitarono, mirando nel verde all'altezza dei ginocchi di nessuno.

La risposta ci fu, repentina e diretta come il rivoltarsi d'un cane che pare che dorma e gli si pesta la coda: una gran salva complessa e ordinata che passò alta un metro sulla trincea di San Casciano e si schiacciò contro il muro del cimitero.

Stavolta c'erano, proprio di fronte, e si tirarono su dalla molle terra e spararono con tutte le armi, avendo i mirini accecati dal fango. Ora finalmente si vedevano, verdi e lustri come ramarri, ognuno col suo bravo elmetto, e il primo doveva essere un ufficiale, stava tutto diritto e si passava una mano sul viso per toglierne la pioggia. Un attimo dopo, era ancora diritto, ma le sue due mani non gli bastavano piú per tamponarsi il sangue che gli usciva da parecchi punti della divisa.

C'erano di qua mitragliatrici americane e di là tedesche,

e insieme fecero il piú grande e lungo rumore che la città di Alba avesse sino allora sentito. Per circa quattro ore, per il tempo cioè che i partigiani tennero San Casciano, fischiò nei due sensi un vento di pallottole che scarnificò tutti gli alberi, stracciò tutte le siepi, spianò ogni canneto, e fece naturalmente dei morti, ma non tanti, una cifra che non rende neanche lontanamente l'idea della battaglia.

Cosí, dalle sette fino alle undici passate, quei dilettanti della trincea inchiodarono i primi fucilieri della repubblica, uomini che sbalzavano avanti e poi s'accucciavano e viceversa a trilli di fischietto, assaltatori ammaestrati.

Un po' dopo le undici, in un riposo che sembrava si fossero preso i fascisti, quelli giú a San Casciano videro affacciarsi tra gli alberi di Castelgherlone un partigiano, e verso di loro faceva con le braccia segnali disperati. Come vide che da basso non lo capivano, si scaraventò giú per il pendio mentre, forse per fermare proprio lui, i fascisti riprendevano a sparare. Quel partigiano arrivò scivoloni nel fango e disse che la repubblica, visto che al piano non passava, s'era trasportata in collina, in faccia a Castelgherlone, preso il quale, avrebbe aggirato dall'alto San Casciano. Portarsi tutti in collina e spicciarsi, adunata a Cascina Miroglio, perché Castelgherlone l'abbandonavano a momenti. Lui tornò su, i partigiani saltarono fuori dalla trincea, sgambavano già nel fango verso la collina senza aspettarsi l'un l'altro, a certuni scivolavano dalle spalle le cassette delle munizioni e non si fermavano a raccoglierle, quelli che seguivano facevano finta di non vederle.

Il pendio di Cascina Miroglio è ben erto, i piedi sulla terra scivolavano come sulla cera, unico appiglio l'erba fradicia. Qualcuno dei primi scivolò, perse in un attimo dieci metri che gli erano costati dieci minuti, finiva contro le gambe dei seguenti oppure questi per scansarlo si

squilibravano, cosí ricadevano a grappoli improperando-
si. Qualcuno, provatosi tre o quattro volte a salire e sempre riscivolato, scappò per il piano verso la città e fu perso per la difesa.

Arrivarono sull'aia della cascina vestiti e calzati di fango. A Cascina Miroglio c'era il Comandante la Piazza, un
telefono da campo che funzionava e i mezzadri inebetiti
dalla paura che porgevano macchinalmente secchi d'acqua da bere.

Marciando piegati in due arrivarono per la vigna gli
uomini della mitragliera di Castelgherlone. Ma la grande
arma non veniva con loro, l'avevano lasciata perché le si
era rotto un pezzo essenziale. Gli altri, a quella vista,
si sentirono stringere il cuore come se, girando gli occhi
attorno, si fossero visti in cento in meno.

Era mezzogiorno, chi s'affacciò colle armi alle finestre,
chi si postò dietro gli alberi, altri fra i filari spogli della vigna. E spararono alla repubblica quando sbucò dal verde
di Castelgherlone. Piombò una mortaiata giusto sul tetto
e il comignolo si polverizzò sull'aia. Un partigiano venne
via dalla finestra per andare a raccogliere sul pavimento
la mezzadra che c'era cascata svenuta.

Difesero Cascina Miroglio e, dietro di essa, la città di
Alba per altre due ore, sotto quel fuoco e quella pioggia.
Ogni quarto d'ora l'aiutante si staccava dal telefono e si
sporgeva a gridare: – Tenete duro che vi arrivano i rinfor-
zi! – Ma fino alla fine arrivarono solo per telefono.

In quel medesimo giorno, a Dogliani ch'è un grosso
paese a venti chilometri da Alba, c'era la fiera autunnale
e in piazza ci sarà stato un migliaio di partigiani che sparavano nei tirasegni, taroccavano le ragazze, bevevano le
bibite e riuscivano con molta facilità a non sentire il fra-
gore della battaglia di Alba.

Che cosí fu perduta alle ore due pomeridiane del giorno 2 novembre 1944.

Fu il Comandante la Piazza a dare il segno della ritirata, sparò un razzo rosso che descrisse un'allegra curva in quel cielo di ghisa. Parve che anche i fascisti fossero al corrente di quel segnale, perché smisero di colpo il fuoco concentrato e lasciavano partire solo piú schioppettate sperse.

Tutti avevano già spallato armi e cassette, ma non si decidevano, vagabondavano per l'aia, al bello scoperto. Pensavano che Alba era perduta, ma che faceva una gran differenza perderla alle tre o alle quattro o anche piú tardi invece che alle due. Sicché il Comandante fu costretto a urlare: – Ritirarsi, ritirarsi o ci circondano tutti! – e arrivava di corsa alle spalle dei piú lenti, come fanno le maestre coi bambini delle elementari.

Scesero la collina, molti piangendo e molti bestemmiando, scuotendo la testa guardavano la città che laggiú tremava come una creatura.

Qualcuno senza fermarsi raccattò una manata di fango e se la spalmò furtivamente sulla faccia, come se non fossero già abbastanza i segni che era stata dura. È che la via della ritirata passava per dove la città dà nella campagna: lí c'erano ancora molte case e si sperava che ci fosse gente, donne e ragazze, a vederli, a vederli cosí. Ma quando vi sbucarono, nel viale del Santuario quant'era lungo non c'era anima viva, e questo fu uno dei colpi piú duri di quella terribile giornata. Soltanto, da una portina uscí una signora di piú di cinquant'anni, al vederli scoppiò a piangere e diceva bravo a tutti man mano che la sorpassavano, finché da dietro un'imposta il marito la richiamò con una voce furiosa.

Tagliarono il viale del Santuario e andando contro l'acqua che ruscellava giú per la stradina, attaccarono a salire la collina di Belmondo che è il primo gradino alle Langhe. A mezza costa si fermarono e voltarono a guardar giú la città di Alba. Il campanile della cattedrale segnava le due e dieci. Gli arrivò fin lassú un rumore arrogante, guardando a un tratto scoperto di via Piave videro passarci due carri armati, e poi altri due, ciascuno con fuori dell'orlo una testa con casco. Oh guarda, cosí avevano i carri e non li hanno nemmeno adoperati.

I partigiani ripresero a salire, era spiovuto, i fascisti entrarono e andarono personalmente a suonarsi le campane.

L'andata

Quando il meccanismo del campanile di Mango cominciò a dirugginirsi per battere le cinque di mattina, Bimbo dal bricco dov'era stato un paio d'ore a far la guardia corse giú alla cascina dove gli altri dormivano. Il cielo principiava a smacchiarsi dal nero, ma laggiú la cascina appariva ancora come un fantasma rettangolare.

Entrò nella stalla facendo piano, lasciò la porta semiaperta perché n'entrasse un po' di chiaro ad aiutarlo a cercare e arrivò da Negus.

Negus aveva il posto migliore per dormire, dormiva nel cassone del foraggio e disponeva perfino d'una coperta, anche se era una vecchia gualdrappa da cavallo e puzzava d'orina e di grasso per ruote. Bimbo stese una mano per scuoterlo, ma Negus non dormiva già piú e lo prevenne dicendogli: – Stai fermo, son già sveglio, sveglia gli altri tre.

Bimbo andò, scavalcando corpi, a cercare Colonnello, Treno e Biagino e li svegliò uno dopo l'altro. Poi stette a guardarli mentre si mettevano faticosamente in piedi, si aggiustavano la camicia dentro i calzoni e guardavano di sbieco gli altri che restavano a dormire. Mentre poi si armavano, Bimbo tornò da Negus e come un domestico si mise a togliergli i fili di paglia di dosso.

Saltarono dalla lettiera sull'ammattonato, uscirono sull'aia e infilarono un sentiero col passo di chi comincia ad andar lontano. Colonnello sbirciò il cielo e disse: – Sembra che farà una bella giornata e questo è già qualcosa.

Dal sentiero sboccarono nello stradone di Neive. Al largo, Bimbo s'affiancò a Negus e dopo un po' gli disse: – Voglio vedere la faccia che farà Morgan quando torniamo, se tutto ci va bene. Mi piacerebbe vederlo una volta tanto che non sa piú cosa dire. Questa è la volta buona che gli tappiamo la bocca.

Negus senza guardarlo gli disse: – Piantala, Bimbo, d'avercela con Morgan. Se gli sto sotto io, puoi stargli sotto anche tu. Farai bene a non far piú lo spiritoso con Morgan. Lui ha ventidue anni ed è un uomo, e tu sei un marmocchio di quindici, anche se come partigiano sei abbastanza anziano.

Bimbo scrollò le spalle e disse: – Io ci patisco a vedere uno come Morgan comandare a dei tipi come noi. Non è che Morgan sia fesso, siamo noi che siamo troppo in gamba per lui. Io gli sto sotto perché vedo te che gli stai sotto. Ma non so se ci resisto ancora. Ma una maniera c'è per sopportare Morgan. Ed è che tu Negus ti prenda ogni tanto noi quattro e ci porti in giro a fare delle azioni per nostro conto.

Negus non rispose, si voltò a vedere a che punto erano Treno, Colonnello e Biagino. Venivano staccati, tenendo tutta la strada come la gioventú di campagna quando gira nei giorni di festa.

Scesero un altro po' verso Neive. Bimbo sogguardava Negus e gli vedeva una faccia scura e come nauseata. Pensò a che discorso fargli per interessarlo, gli sembrò d'aver trovato e cosí gli disse: – Lo sai, Negus, che ieri ho visto Carmencita?

Negus calciò forte un ciottolo sulla strada e disse: – Bella roba mi conti. E chi non l'ha vista?

– Ma io l'ho vista alla finestra che si pettinava. Addosso

aveva solo una camiciola rosa e teneva le braccia alte. Ma come fa ad avere i peli neri sotto le ascelle se lei è bionda? Tu hai avuto del gusto a posar gli occhi su Carmencita, ma lei è venuta per trovar Morgan.

Negus lo fissò per un attimo come se non sapesse che fare o che dire, poi gli tirò uno schiaffo sul collo e gli gridò: – Crepa a farmi dei discorsi cosí!

Da dietro Colonnello aveva visto e urlò avanti a Negus: – Dàgli, Negus, a quel merdino che si crede chi sa cosa, dàgli giú! – Ma Bimbo era già scattato in avanti e continuava a correre e a prender vantaggio. Negus invece rallentò e si lasciò raggiungere da quegli altri tre.

A metà tra Mango e Neive, la strada fa una serie di tornanti molto lunghi e noiosi a percorrersi, ma l'un tornante e l'altro sono congiunti da scorciatoie diritte e ripide come scale. Bimbo le sfruttava tutte, al fondo si fermava a guardar su se gli altri quattro le sfruttavano anche loro. Invece tenevano la strada e lui batteva i piedi per l'impazienza. Si sedette su un paracarro al principio dell'ultima scorciatoia e aspettò che arrivassero fin lí. Quando finalmente arrivarono, si alzò e fece per calarsi nella scorciatoia, ma Colonnello lo prese per un braccio e riportandolo sulla strada larga gli disse: – Senti, tu zanzarino, noi andiamo forse a lasciarci la pelle, ed è da stupidi prendere delle scorciatoie per questo. Cammina con noi. Di', che tipo è tua sorella?

Bimbo si scrollò di dosso la mano di Colonnello e rispose: – Per lei garantisco io. State sicuri che farà la sua parte. Mia sorella è partigiana tanto quanto noi.

– Ce l'avrà poi il coraggio di farci il segnale?

– È lei che ci ha dato l'idea, no? E se ce l'ha data e si è presa una parte da fare, vuol dire che il coraggio ce l'ha. E poi ci ho pensato: non è mica difficile per lei, e neanche tanto pericoloso. Mettiamo che dopo il fatto la repubblica annusi qualcosa e vada a interrogare mia sorella. Lei risponde: cosa ne posso io se sono da serva in una villa che è vicina a quell'osteria? E se la repubblica dice che l'hanno vista alla finestra a fare dei movimenti, lei risponde che era alla finestra a battere i materassi o a stendere della biancheria. Cosa credete che possano ancora dirle?

Il paese di Neive dormiva ancora quando vi entrarono. Però l'albergo in faccia alla stazione aveva una luce accesa a pianterreno. Entrarono lí, si fecero dare pane e lardo e tornarono fuori a mangiare sotto il portico. Masticavano l'aria del mattino col cibo e guardavano un po' il cielo e un po' le finestre chiuse delle case.

Mangiando Bimbo disse: – Mia sorella ha anche notato che c'è un maresciallo della repubblica che è sempre in giro sulle prime colline di Alba. Questo maresciallo ha il pallino della caccia e gira sempre con un mitra e una doppietta. Non è piú tanto giovane, ma mia sorella dice che ha la faccia decisa. Non fa niente, noi gli facciamo un tranello, gli pigliamo il mitra e ce lo teniamo e il fucile da caccia lo vendiamo a qualcuno e ci spartiamo i soldi.

Treno ingollò un boccone e disse: – Si può fare, ma tua sorella ci deve tenere bene informati su questo maresciallo.

Negus capiva che adesso quei quattro cominciavano a far progetti sul maresciallo e finivano col perdere la nozione di quello che dovevano fare in quel mattino. Cosí disse: – Il maresciallo sarà per un'altra volta, salvo che non ci venga tra i piedi proprio stamattina. Adesso si riparte.

Colonnello gli mostrò quel che gli restava di pane e lardo, ma Negus gli disse: – Mangi per strada. Puoi, no?

– Volevo prendermi ancora due dita di grappa.

Ma Negus non permise e s'incamminò.

All'uscita del paese, s'imbatterono nella sentinella del

presidio di Neive. Era della loro stessa divisione bado-
gliana e domandò: – Dove andate, voi cinque di Mango?

Rispose Colonnello: – Andiamo a farci fottere dalla repubblica di Alba. Dov'è che bisogna cominciare ad aprir
bene gli occhi?

– Da Treiso in avanti. Fino a Treiso è ancora casa nostra.

Quando si furono lontanati d'un venti passi, Bimbo si
voltò e rinculando gridò alla sentinella: – Ehi, partigiano
delle balle! Guarda noi e impara come si fa il vero partigiano! A far la guardia a Neive ti credi d'essere un partigiano? Fai un po' come noi, brutto vigliacco, che la repubblica andiamo a trovarla a casa sua! Da questa parte,
da questa parte si va a casa della repubblica! – e indicava
con gesti pazzi la strada verso Treiso ed Alba.

Colonnello aspettò che la sentinella rispondesse, ma
quello taceva pur avendo la bocca aperta, come se non si
capacitasse di tutti gli improperi che gli aveva mandato
il piú piccolo di quei cinque. Allora Colonnello sorrise e
disse agli altri additando Bimbo: – Questo qui è davvero
un merdoncino.

Intorno a Treiso e dentro non trovarono nemmeno un
borghese. Partigiani non se n'aspettavano, perché dalla caduta di Alba il paese mancava di guarnigione. Si fermarono
nel mezzo della piazzetta della chiesa e stettero a gambe
piantate larghe a guardare ciascuno il suo punto cardina-
le. Colonnello, che man mano che s'avvicinava ad Alba si
sentiva crescer dentro un certo mal di pancia, corrugò la
fronte e lentamente si mandò giú dalla spalla il moschetto.

Da quella piazzetta si domina un po' di Langa a sinistra
e a destra le colline dell'Oltretanaro dopo le quali c'è la
pianura in fondo a cui sta la grande città di Torino. I va-
pori del mattino si alzavano adagio e le colline apparivano
come se si togliesse loro un vestito da sotto in su.

Disse Negus, come tra sé: – Questo mondo è fatto per viverci in pace.

Colonnello fece in fretta: – Senti, Negus, se c'è qualcosa in mezzo, non è detto che quest'azione sia obbligatorio farla proprio stamattina.

Negus si riscosse. – Io non ho detto questo. Ci siamo fermati solo per prendere un po' di fiato. E adesso che l'abbiamo preso tiriamo avanti.

Il resto del paese e la campagna appena fuori erano deserti e muti come il loro camposanto, non c'erano neanche bestie, neanche galline in giro. Finalmente videro un vecchio sull'aia d'una cascina che sovrastava la strada. Anche il vecchio li vide e parlò per primo: – Andate verso Alba, o patrioti? – e quando Negus gli ebbe fatto segno di sí, aggiunse: – Allora, quando siete al piano, lasciate la strada e mettetevi per la campagna. Si cammina meno comodi ma siete anche meno al pericolo.

– Che pericolo volete dire? – gli domandò Negus da giú.

– Il pericolo della cavalleria. A quest'ora la repubblica di Alba manda sempre fuori la sua cavalleria, un giorno da una parte e un giorno dall'altra. Stamattina potrebbe mandarla nei nostri posti.

Mentre si rincamminavano, erano tutt'e cinque concentrati. Bimbo disse: – Ma come fa la repubblica ad avere la cavalleria? – E Treno: – La cavalleria non si costuma piú.

Negus disse niente ma allungò il passo. Ed entrati nella valletta di San Rocco, lasciarono la strada e si misero per le vigne a salire la collina che è la penultima per arrivare ad Alba. Tenevano gli occhi bassi sul sentiero ma le loro orecchie fremevano. Dopo un po' che ascoltavano e a nessun patto sentivano rumor di cavalli, Treno rialzò la testa e disse: – Quel vecchio ci ha contato una balla. Se al ritorno lo ritroviamo, gli dico che non è salute contar balle ai partigiani.

Alba è una città molto antica, ma a chi la guarda dalla collina i suoi tetti sono rossi come nuovi.

Erano finalmente arrivati a vederla ed ora la contemplavano stando per ordine di Negus al riparo dei tronchi degli alberi. Tutt'e cinque erano stati con Morgan alla occupazione e alla difesa della città e ora si ricordavano di quel tempo ognuno per proprio conto. Poi Biagino disse: – Pensare che solo due settimane fa c'eravamo noi dentro e loro erano di là, – e mostrava la stretta pianura a sinistra del fiume, – e io avrei giurato che non passavano.

Disse Colonnello: – A me non m'importa proprio niente che abbiamo perso Alba. Io ci stavo male in Alba. Avevo sempre paura di far la fine del topo.

Ma Bimbo: – Era un altro vivere, non fosse altro che camminare sui marciapiedi, era tutt'un'altra comodità.

Colonnello rispose a Bimbo: – Per me l'unica comodità che valeva era quella del casino. Tolta quella comodità lí, io mi sento meglio sulla punta d'un bricco che dentro qualunque cittadella.

Scesero metà collina, a sbalzi e facendosi segni invece che parlare. Di novembre la campagna nasconde poco o niente e quella collina sta dirimpetto alla città. Ripararono in un canneto. La schiena curva e le mani posate sui ginocchi, Negus disse a Bimbo: – Su, Bimbo, guarda un po' se sei buono ad orientarti. Dov'è la villa che c'è tua sorella da serva?

– La vedete quella villa coi muri color celeste e il tetto puntuto? È quella villa lí, e l'osteria è subito sotto.

Lasciarono il canneto e mentre si muovevano Colonnello diceva: – Va bene, va bene, non facciamo solo confusione, studiamo bene il terreno –. Aveva voglia d'andar di corpo, ma non pensava a fermarsi per paura di rimanere indietro tutto solo. Fecero a sbalzi un tratto allo scoperto, poi trovarono una stradina sepolta tra due siepi di gaggia. L'infilarono e la seguirono fin che si videro dinanzi un gran canneto. Bimbo disse senza esitare: – È proprio in quelle canne che dobbiamo andarci a mettere. Di là dentro si vede sia la villa che l'osteria –. Prima lui e poi gli altri andarono al canneto, correndo piegati in due e l'arma in posizione. Su un poggio sopra la stradina c'era una casa e sul ballatoio una donna che rovesciava nell'aia l'acqua d'un catino. Li vide per caso, ma subito li riconobbe per quelli che erano e fece una faccia di disgrazia. Biagino si fermò a scrutarla, poi si portò un dito sulla bocca e cosí stette finché lei non fece segno con la testa che aveva capito e che avrebbe ubbidito. Poi Biagino entrò anche lui nel canneto in tempo per sentire le spiegazioni di Bimbo.

A trenta passi di fronte c'era un cortile con in fondo l'uscio che dava nel retro dell'osteria e subito a destra la facciata della villa con una finestra aperta.

Stavano quanto mai scomodi, inginocchiati sulla terra umida, le canne erano fitte e dure, ad ogni loro mossa davano un suono come il gracchiare dei corvi in volo.

Colonnello disse: – Stiamo bene attenti a quello che succede, perché in mezzo a queste canne siamo come pesci in un tramaglio –. Quel bisogno gli premeva dentro, lui muoveva di continuo il sedere in tondo e ogni tanto faceva languide smorfie.

Negus disse: – Tu Bimbo tieni d'occhio la finestra, tu Biagino guarda sempre dalla parte di Alba e noialtri guardiamo l'osteria.

Cosí facevano, e dopo un po' Biagino disse piano che guardassero tutti dalla sua parte. Puntò un dito verso tre

uomini in arme che incedevano giú nel viale di circonvallazione. Il viale era lontano e basso e c'era in aria quel bru-
sio che di giorno sale dalle città, ma loro cinque sentivano
distintamente la cadenza di quei tre sull'asfalto.

Biagino inghiottí saliva e disse: – È una ronda. Io che
ho il moschetto di qua potrei sparargli –. Spianava il moschetto tra le canne. – Non sparo mica, – disse, – guardo
solo se si mirano bene.

Spostava impercettibilmente il moschetto per accompagnare con la mira quei tre che procedevano laggiú e da
cosí distante sembravano marionette. Gli altri quattro
sapevano bene che era soltanto una prova e che alla fine
Biagino non sparava, eppure col fiato sospeso guardavano
come affascinati un po' l'occhio di Biagino sgranato dietro la tacca di mira, un po' la punta vibrante del suo moschetto e un po' quella ronda laggiú. Poi Negus calò una
mano sul moschetto di Biagino e disse: – Basta. Tanto non
li coglieresti. Non hai mai avuto il polso fermo.

Al campanile del duomo batterono le nove e mezzo.

A quell'ora, un sergente della repubblica uscí dal Seminario Minore che era stato trasformato in caserma e in
cinque minuti arrivò al posto di blocco di Porta Cherasca.
C'era una garitta appoggiata al tronco del primo platano
del viale, una mitragliatrice posata sull'asfalto e puntata
alla prima curva dello stradone della collina e di servizio
quattro o cinque soldati poco piú che ragazzi che quando arrivò il sergente si diedero un contegno tal quale fosse arrivato il capitano.

Il sergente accese una sigaretta e dirigendo il fumo della
prima boccata verso la collina dirimpetto, domandò: – Che
movimento c'è sulle colline?

Rispose un soldato: – Non c'è nessun movimento, sergente, ma noi stiamo sempre all'erta lo stesso.

Un altro cominciò: – State tranquillo, sergente... – ma il sergente si tolse la sigaretta di bocca e lo fissò a lungo finché poté credere che quella recluta avesse capito che se c'era uno che stava sempre tranquillo quello era proprio lui.

Poi andò lentamente alla mitragliatrice, ci si curvò sopra ed esaminò lungamente dove e come era puntata. Si rialzò, fumava e soffiava il fumo verso le colline. Tutt'a un tratto buttò la sigaretta e disse: – Ragazzi, vado a far quattro passi in collina –. Con la coda dell'occhio vide che i soldati lo ammiravano. – Se ogni tanto mi date un'occhiata e per un po' non mi vedete piú, non pensate male. Sarò solo entrato a bere un bicchiere di moscato in quell'osteria alla terza curva.

Il soldato che poco prima s'era preso quella guardata disse con premura: – Volete il mio moschetto, sergente? – ma il sergente tirò a metà fuori dalla tasca una sua grossa pistola e partí per lo stradone.

Alla prima svolta guardò rapido indietro al posto di blocco e notò che i soldati lo seguivano fedelmente cogli occhi. Soddisfatto, sciolse il passo e si disse che per fare un'impressione ancora piú profonda doveva smetterla di scattare ad ogni momento la testa a destra e a sinistra. Fermò la testa, ma roteava gli occhi come certi bamboloni. Incontrava rara gente, donne per lo piú, e un uomo che se lo vide spuntar davanti all'uscita della seconda curva scartò come un cavallo, ma poi si dominò e camminava compunto come un chierico.

Intanto, nel canneto dietro l'osteria alla terza curva, i cinque partigiani avevano le ginocchia rigide per l'umidità della terra e non s'aspettavano piú di sentir passi di militare sull'asfalto vicino. Colonnello s'era finalmente sgravato, ma non s'era azzardato ad andar troppo lontano a fare quel deposito, ed era mezz'ora che gli altri quattro lo maledivano. La sorella di Bimbo s'era fatta alla finestra già un paio di volte, ma senza mai sciorinare niente di bianco. Li aveva semplicemente guardati stando con mezza faccia nascosta da uno spigolo, da giú non le vedevano che una pupilla straordinariamente nera e sgranata.

Colonnello disse: – Mi rincresce, Bimbo, ma tua sorella si dev'essere sbagliata. Quest'osteria, a vederla da qui dietro, ha tutta l'aria d'una vera bettola. E i repubblicani non sono mica pitocchi come noi. Se vogliono, possono pagarsi le bibite nei piú bei caffè di Alba.

Bimbo disse: – Forse ci vengono perché qui hanno il vino buono. O forse perché c'è una bella ragazza da cameriera.

Biagino schiaffeggiò la canna del suo moschetto e disse: – Io spero solo che quelli che vengono abbiano addosso almeno un'arma automatica. Io sono stufo di questo moschetto, ne sono vergognoso. Voglio un'arma che faccia le raffiche.

Il sergente arrivò alla terza svolta e traversò per andare all'osteria. Traversando, alzò gli occhi alla villa accanto. C'era alla finestra una ragazzina che lo fissava con un paio d'occhi da serpente. Lui s'incuriosí, guardò meglio e poi si disse che la ragazza, per quel che se ne vedeva, non era ancora matura perché lui le ricambiasse un'occhiata di quella forza.

Entrò. La porta dell'osteria aveva un campanello come le botteghe di paese. Mentre lo squillo durava, il padrone sporse la testa da dietro una tenda e poi si fece tutto avanti. Non era la prima volta che quel sergente gli veniva nel locale, non aveva quindi da temere che fosse lí per perquisizioni, interrogatori o altro di peggio. Infatti il sergente salutò, comandò un bicchiere di moscato e si sedette accavallando le gambe. Posò la pistola sul tavolo accanto e sulla pistola posò la gamba destra.

La figlia dell'oste fece capolino dalla tenda. Il sergente scavallò le gambe e le disse: – Ciao, Paola, non vieni fin qui? – e mentre lei veniva, lui pensava che a soli sedici anni e con le fattezze campagnole, la ragazza come carne prometteva. Le disse ancora: – Come va l'amore, Paola?

– Non va perché non è ancora arrivato, signor sergente.

– Ma arriverà, no? – e sorridendo levò la mano da sopra la pistola.

La ragazza disse: – Speriamo, – e si voltò a ricevere da suo padre il bicchiere di moscato. Non era cameriera, glielo portò adagio adagio e senza mai staccar gli occhi dall'orlo e dalla sua sedia il sergente si protendeva per accorciarle la strada.

L'oste tornò verso la tenda, ma non usciva. Cercava nella mente cos'era che doveva fingere di fare per rimanere, voleva sentire che discorso veniva fatto a sua figlia e soprattutto vedere se il sergente teneva le mani a posto.

Il sergente comprese la diffidenza e se ne risentí: tolse il bicchiere dalla bocca, domandò: – Allora, padrone, cosa dice la radio inglese, voi che la sentite sempre?

L'oste si rigirò per far dei giuramenti, ma uno spintone alle spalle lo rovesciò su un tavolo. E ci fu una voce che riempí la stanza. – Mani in alto! – diceva, e l'oste alzò le mani.

Prima di lui le aveva alzate il sergente, ora fissava l'orifizio nero dell'arma di Negus a un palmo dal suo petto. Bimbo tirò da una parte la ragazza dicendole: – Via di mezzo, o bagascetta! – e andò a ritirare la pistola sul tavolo.

L'oste s'era trascinato vicino alla tenda. Quando ci passarono, disse con un filo di voce sia al sergente che ai partigiani: – Noi non c'entriamo niente! – e poi corse da sua figlia ch'era rimasta come se avesse un ciottolo in gola.

Nel retro la moglie dell'oste scappò a Treno che le faceva la guardia e arrivò ad aggrapparsi al braccio di Negus
gridando: – E adesso cosa ci fa la repubblica? Cosa le diciamo alla repubblica?

Negus se la scrollò, ma la donna s'attaccò a Colonnello. – Cosa le diciamo alla repubblica? Si metteranno in testa che vi abbiamo aiutati noi! Ammazzano il mio uomo e
ci bruciano il tetto!

Colonnello le disse: – Aggiustatevi. Contatele delle balle alla repubblica! – e in quel momento giunse Treno che
abbrancò la donna per la vita e la tenne fino a che non furono usciti.

Biagino fece segno di via libera e subito dopo chiese: – Che arma aveva questo bastardo? – e come Bimbo
gli mostrò la pistola, corse alle spalle del sergente e gli tirò
un calcio in culo. Lo pigliò nell'osso sacro e il prigioniero s'afflosciò rantolando. Ma Biagino lo rimise diritto e
gli disse: – Non far finta, carogna, t'ho preso nel molle.

Dal canneto saltarono sulla stradina tra le gaggie. Fecero senza tregua due colline, marciando tutti curvi, come
se alle spalle avessero un gran vento. Poi arrivarono nella
valletta di San Rocco, e si ritrovarono al limitare di casa
loro, e allentarono il passo e la guardia al sergente.

Colonnello chiese a Negus di passare per il villaggio di
San Rocco. – È un'ora buona e ci saranno donne in giro
che tornano dal forno, – disse, – e noi facciamo bella figura a farci vedere con quello là prigioniero.

Ma Negus disse di no. Guardava la schiena del sergente tra l'ira e la pietà, voleva ammazzarlo per toglierlo via dal fargli la pena che gli faceva, provava una gran
stanchezza, una nausea. Ad un bivio il sergente si fermò, si voltò e con degli occhi da pecora morta chiedeva
per dove prendere. Negus si riscosse. – Eh? Ah, a sini-

stra, sempre a sinistra, – e gli segnò la strada con la canna della sua arma.

Al loro passaggio, i cani alla catena latravano e la gente delle cascine si faceva cauta sull'aie a spiare in istrada. I piú vecchi, vedendo il repubblicano e riconoscendolo cercavano di ritirarsi e non facendo in tempo s'irrigidivano a guardare impassibili. Ma poi, passato il sergente, si voltavano ai cinque e battevano le mani, ma solo la mossa facevano e non il rumore. I ragazzi invece si mettevano bene in vista e avevano gli occhi lustri. Uno si calò per una ripa incontro a Treno che faceva la retroguardia e tenendosi a una radice si sporse a domandargli: – Di', partigiano, lo ammazzate?

– Sicuro che lo ammazziamo.

L'altro guardò la schiena del sergente, poi disse: – Mi piacerebbe andare a sputargli in un occhio.

Treno gli disse che loro glielo lasciavano fare, ma il ragazzo ci pensò su e poi risalí.

La strada ora montava. Colonnello guardò il ciglio di una collina e disse: – Oh guarda il camposanto di Treiso. C'è il sole che ci batte in pieno. Là c'è Tom. Che tipo era Tom quando avevano ancora da ammazzarlo. Però bisogna dire che si è fatto ammazzare da fesso.

– Cristo, non dire che è morto da fesso! – gridò Negus, – è morto e ha pagato la fesseria e quindi piú nessuno ha il diritto di dire che è morto da fesso!

– Dio buono, Negus, devi avere il nervoso per venirmi fuori con dei ragionamenti cosí… – cominciò Colonnello, ma non finí, afferrò con una mano il braccio di Negus e l'altra mano se la portò all'orecchio dove gli era entrato rumor di zoccoli di cavalli.

Tutti lo sentivano e si serrarono intorno a Negus. Biagino disse: – È la cavalleria. La cavalleria che ci ha detto quel vecchio, – in un soffio.

Negus ruppe il cerchio che i suoi gli facevano intorno, alzò l'arma e gridò al sergente: – Torna subito indietro!

Il sergente rinculava adagio nel prato verso il torrente e teneva le braccia larghe come chi fa dell'equilibrismo. Ma non staccava gli occhi dall'arma di Negus e gli gridò: – Non sparare! È la nostra cavalleria. Non sparare, possiamo intenderci! – e rinculava.

Negus lo puntò e gli gridò con voce raddoppiata: – Vieni qui! – perché il rumore dei cavalli cresceva.

Il sergente fece un grande scarto e voltandosi partí verso il torrente. Negus fece la raffica, il sergente cadde rigido in avanti come se una trappola nascosta nell'erba gli avesse abbrancato i piedi.

Colonnello scoppiò a piangere e diceva a Negus: – Perché gli hai sparato? Ci poteva venir buono, facevamo dei patti!

Là dove la strada culmina sulla collina arrivavano bassi soffi di polvere bianca e il rumore del galoppo era ormai come il tam-tam vicino nella foresta. Allora Negus urlò: – Lasciate la strada, portatevi in alto! – e dalla strada saltò sulla ripa e dalla ripa sul pendio. Ma appena ci posò i piedi, capí che quello era il piú traditore dei pendii. L'erba nascondeva il fango.

I cavalleggeri apparvero sul ciglio della collina e subito galopparono giú. In aria, tra i nitriti, c'erano già raffiche e moschettate.

Negus scivolava, ficcava nel fango le punte delle scarpe, ma ci faceva una tale disperata fatica che voleva scampare non foss'altro che per riprovare il piacere d'applicare sulla terra tutt'intera la pianta del piede. Si buttò panciaterra e saliva coi gomiti. Voltò mezza testa e vide giú nella strada Bimbo lungo e disteso sulla faccia. Doveva esser caduto un attimo prima perché sopra il suo corpo era ancora sospesa una nuvoletta di polvere. Dieci passi piú avanti, un cavalleggero spronava contro Colonnello che cadeva in ginocchio alzando le lunghe braccia.

La gran parte dei cavalleggeri era già smontata e i cavalli liberi correvano pazzamente all'intorno.

Negus si rimise a strisciar su, ma cogli occhi chiusi. Non voleva vedere quanto restava lontana la cima della collina, e poi le gobbe del pendio gli parevano enormi ondate di mare che si rovesciavano tutte su lui.

Ci fu un silenzio e Negus per lo stupore si voltò. Vide che quattro o cinque cavalleggeri smontati prendevano posizione sulla strada rivolti a lui. Guardò oltre e vide Treno e Biagino addossati al tronco d'un albero nel prato dov'era caduto il sergente. Una fila di cavalleggeri li stava puntando, da pochi passi. Urlò, si mise seduto e scaricò l'arma contro quell'albero. Poi si rivoltò.

Echeggiarono colpi, ma non vennero dalla sua parte e Negus pensò che erano stati per Treno e per Biagino.

Subito dopo lo rasentò una moschettata e lui si disse che era tempo. Aveva l'arma vuota, ma non pensava a ricaricarla, la voglia di sparare era la prima voglia che lo abbandonava. Strisciava su.

Dalla strada sparavano fitto, ma non lo coglievano, e sí che lui era un lucertolone impaniato nel fango d'un pendio a tramontana.

Si girò a vedere se qualcuno l'inseguiva su per il pendio, e se a salire faceva la sua stessa pena. Ma erano rimasti tutti sulla strada e stavano allineati a sparare come al banco d'un tirasegno. Il primo a sinistra era distintamente un ufficiale. Sulla punta dell'arma dell'ufficiale, infallibilmente spianata su di lui, vide scoppiare dei colori cosí ripugnanti che di colpo il vomito gli invase la bocca. Scivolava giú per i piedi, e le sue mani aperte trascorrevano sull'erba come in una lunghissima carezza. A una gobba del terreno non si fermò, ma si girò di traverso. Prese l'avvio e rotolò al fondo e l'ufficiale dovette correre da un lato per trovarsi a riceverlo sulla punta degli stivali.

Il trucco

Gli irrequieti uomini di René presero un soldato in aperta campagna e lo rinchiusero nella stalla di una cascina appena fuori Neviglie. E René spedí subito una staffetta a prender la sentenza per quel prigioniero dal Capitano, che per quel giorno era fermo nell'osteria di T..., ed era il piú grande capo delle basse Langhe e aveva diritto di vita e di morte.

Ma a T... la staffetta non vide la faccia del Capitano né sentí la sua voce; dopo una lunga attesa venne fatto montare su una macchina coi partigiani Moro, Giulio e Napoleone.

Sulla macchina che correva al piano verso Neviglie, Giulio sedeva davanti a fianco di Moro che guidava, Napoleone dietro con la staffetta di René.

A metà strada, Giulio si voltò indietro, appoggiò il mento sullo schienale, guardò Napoleone in modo molto amichevole e infine gli disse: – Allora, Napo, come l'aggiustiamo?

Napoleone, per non fissare Giulio, si voltò a guardare il torrente a lato della strada e disse: – Io dico solo che stavolta tocca a me e non c'è niente da aggiustare.

– Questo lo dici tu, – rispose Giulio. – Io non ne posso niente se l'ultima volta tu eri malato con la febbre. Causa tua o no, hai perso il turno e stavolta tocca di nuovo a me. Ma stai tranquillo che la volta che viene non ti taglio la strada.

A Napoleone tremava la bocca per la rabbia. Parlò solo quando fu sicuro di non balbettare e disse: – La volta
che viene non mi interessa. È oggi che m'interessa e sta-
remo a vedere.

Giulio sbuffò e si voltò, e Napoleone si mise a fissargli
intensamente la nuca.

La staffetta capiva che i due discutevano su chi doveva
fucilare il prigioniero. Napoleone gli premeva la coscia contro la coscia, ne sentiva il forte calore attraverso la stoffa.
Scostò con disgusto ma con riguardo la gamba e guardò
avanti. Vide nello specchietto del parabrezza la faccia di
Moro: sorrideva a labbra strette.

Arrivarono presso Neviglie che la guarnigione era già
tutta all'erta per quel rumore d'automobile che avvilup-
pava la collina.

La macchina di Moro scendeva in folle verso l'aia della cascina. Gli uomini di René allungarono il collo, videro
chi portava, li riconobbero e la sentenza per loro non era
piú un mistero.

René mosse incontro alla macchina. Svoltava in quel
momento nell'aia e prima che si fermasse, cinque o sei
partigiani di Neviglie saltarono sulle predelle per godersi
quell'ultimo moto. Moro li ricacciò giú tutti come bambini, si tolse un biglietto di tasca, senza dire una parola lo diede a René e con uno sguardo all'intorno chiese:
– Dov'è?

Nessuno gli rispose, fissavano tutti René che leggeva
il biglietto del Capitano. Dovevano essere appena due ri-
ghe, perché René alzò presto gli occhi e disse: – È chiuso
nella stalla. Aprite pure a Moro.

Spalancarono la porta della stalla. Due buoi si voltarono
a vedere chi entrava. Non si voltò un uomo in divisa che
stava lungo tirato sulla paglia. Moro gli comandò di vol-

tarsi e l'uomo si voltò, non per guardare ma solo per mostrare la faccia. Ce l'aveva rovinata dai pugni e strizzava gli occhi come se avesse contro un fortissimo sole.

Quando Moro si volse per uscire, urtò nel petto di Giulio e Napoleone che s'erano piantati alle sue spalle.

Per il sentiero che dall'aia saliva alla cima della collina già s'incamminava in processione il grosso del presidio di Neviglie. Il primo portava una zappa sulle spalle.

Moro cercò René e lo vide sul margine dell'aia, appartato con due che parevano i piú importanti dopo di lui. S'avvicinò: i tre dovevano aver discusso fino a quel momento sul posto della fucilazione.

Uno finiva di dire: – ... ma io avrei preferito a Sant'Adriano.

René rispondeva: – Ce n'è già quattro e questo farebbe cinque. Invece è meglio che siano sparpagliati. Va bene il rittano sotto il Caffa. Cerchiamo lí un pezzo di terra selvaggio che sia senza padrone.

Moro entrò nel gruppo e disse: – C'è bisogno di far degli studi cosí per un posto? Tanto è tutta terra, e buttarci un morto è come buttare una pietra nell'acqua.

René disse: – Non parli bene, Moro. Tu sei col Capitano e si può dire che non sei mai fermo in nessun posto e cosí non hai obblighi con la gente. Ma noi qui ci abbiamo le radici e dobbiamo tener conto della gente. Credi che faccia piacere a uno sapere che c'è un repubblicano sotterrato nella sua campagna e che questo scherzo gliel'han fatto i partigiani del suo paese?

– Adesso però avete trovato?

René alzò gli occhi alla collina dirimpetto e disse gravemente: – In fondo a un rittano dietro quella collina lí.

Moro cercò con gli occhi i partigiani sulla cima della collina. Fece appena in tempo a vederli sparire in una curva a sinistra. Poi guardò verso la stalla e vide Giulio e Napoleone appoggiati agli stipiti della porta. Gridò verso di loro: – Giulio! Nap! Cosa state lí a fare?

I due partirono insieme e insieme arrivarono davanti a lui. Moro disse: – Perché non vi siete incamminati con gli altri? Partite subito e quando arriva René col prigioniero siate già pronti.

Giulio disse: – Dov'è con precisione questo posto?

– È a Sant'Adriano, – e siccome Giulio guardava vagamente le colline, aggiunse: – Avete notato il punto dove sono spariti i partigiani di Neviglie?

Giulio e Napoleone accennarono di no con la testa.

– No? Be', sono spariti in quella curva a destra. Voi arrivate fin lassú e poi scendete dall'altra parte fino a che vi trovate al piano. Sant'Adriano è là.

Napoleone fece un passo avanti e disse: – Adesso, Moro, stabilisci una cosa: chi è che spara? L'ultima volta ha sparato lui.

Moro gridò: – Avete ancora sempre quella questione lí? Sparate tutt'e due insieme!

– Questo no, – disse Napoleone e anche Giulio scrollò la testa.

– Allora spari chi vuole, giocatevela a pari e dispari, non sparatevi solo tra voi due!

Per un momento Giulio fissò Moro negli occhi e poi gli disse: – Tu non vieni a Sant'Adriano? Perché?

Moro sostenne lo sguardo di Giulio e rispose: – Io resto qui vicino alla macchina perché quelli di René non ci rubino la benzina dal serbatoio.

Giulio e Napoleone partirono di conserva. Giulio teneva un gran passo, Napoleone sentí presto male alla milza e camminava con una mano premuta sul ventre, ma in cima alla collina arrivarono perfettamente insieme.

Si calarono giú per il pendio e dopo un po' Napoleone disse: – A me non pare che son passati da questa parte.

– Come fai a dirlo?

– Io sento, io annuso. Quando passa un gruppo come quello, non si lascia dietro una morte come questa.

Non c'era un'eco, non c'era un movimento d'aria.

Continuarono a scendere, ma Napoleone scosse sovente la testa.

Quando posarono i piedi sul piano, Giulio si fermò e fermò Napoleone stendendogli un braccio davanti al petto. Un rumore di zappa, ben distinto, arrivava da dietro un noccioleto a fianco della cappella di Sant'Adriano. – Senti, Nap? Questa è una zappa. Son loro che fanno la fossa.

Napoleone gli tenne dietro verso quei noccioli e diceva: – Ma com'è che non si sente parlare? Possibile che quelli che non zappano stanno zitti?

– Mah. Certe volte, a veder far la fossa, ti va via la voglia di parlare. Stai a vedere e basta.

Mentre giravano attorno al noccioleto, quel rumore cessò e, passate quelle piante, scorsero un contadino tutto solo con la zappa al piede e l'aria d'aspettar proprio che spuntassero loro. Li guardò sottomesso e disse: – Buondí, patrioti.

Una lunga raffica crepitò dietro la collina.

Giulio si orientò subito e si voltò a guardare dalla parte giusta, Napoleone invece guardava vagamente in cielo dove galoppava l'eco della raffica.

Partirono. Invano quel contadino tese verso loro un braccio e disse: – Per piacere, cos'è stato? C'è la repubblica qui vicino? Se lo sapete, ditemelo e io vado a nascondermi –. Non gli risposero.

Risalirono la collina, Giulio velocemente e Napoleone adagio, perché non aveva piú nessun motivo di farsi crepare la milza. Ma quando arrivò su, Giulio era lí ad aspettarlo.

Guardarono giú. Videro i partigiani di Neviglie salire dal rittano sotto il Caffa, ma come se battessero in ritirata. Salivano anche dei borghesi che si erano mischiati a vedere e adesso ritornavano con le spalle raggricciate come se rincasassero in una sera già d'inverno. Passarono vicino a loro e uno diceva: – Però l'hanno fucilato un po' troppo vicino al paese.

Giulio e Napoleone scesero per il pendio ormai deserto fino al ciglio del rittano. Videro giú due partigiani che stavano rifinendo la fossa. Uno calava la zappa di piatto e l'altro schiacciava le zolle sotto le scarpe.

Quello della zappa diceva a quell'altro: – Vedrai questa primavera che l'erba che cresce qui sopra è piú alta d'una spanna di tutta l'altra.

L'ombra dei due sopraggiunti cadde su di loro ed essi alzarono gli occhi al ciglio del rittano.

– Chi è stato? – domandò subito Giulio.

Rispose quello della zappa: – Chi vuoi che sia stato? È stato il vostro Moro.

Napoleone lo sapeva già da un pezzo, ma gridò ugualmente: – Cristo, quel bastardo di Moro ci toglie sempre il pane di bocca!

Dopo un momento Giulio indicò la fossa col piede e domandò: – Di', com'è morto questo qui?

– Prima si è pisciato addosso. Ho visto proprio io farsi una macchia scura sulla brachetta e allargarsi.

Giulio si aggiustò l'arma sulla spalla e si ritirò d'un passo dal ciglio del rittano. – Be', se si è pisciato addosso son contento, – disse: – Moro non deve aver goduto granché a fucilare uno che prima si piscia addosso. Ti ricordi invece, Napo, quel tedesco che abbiamo preso a Scaletta e che poi hai fucilato tu? Dio che roba! Vieni, Napo, che Moro è anche capace di lasciarci a piedi.

Gli inizi del partigiano Raoul

Sergio P. partí una mattina da Castagnole delle Lanze per andare a Castino ad arruolarsi in quell'importante presidio badogliano.

Aveva diciotto anni scarsi, un impermeabile chiaro, un cinturone da ufficiale e scarpe da montagna nuove con bei legacci colorati, ma rimaneva quello che era sempre stato sino a un minuto dalla partenza: un ragazzo di paese che i suoi sono possidenti e l'hanno mandato in città a studiare. E lo stesso rimase anche quando, perso di vista Castagnole, da una tasca sotto l'impermeabile tirò fuori una pistola nuovissima e ne riempí la fondina dando cosí un significato al cinturone da ufficiale.

Aveva in mente di mettersi nome di battaglia Raoul.

Per una strada tutta deserta camminava a cuor leggero; a dispetto del fatto che al paese aveva lasciata sola sua madre vedova, si sentiva figlio di nessuno, e questa è la condizione ideale per fare le due cose veramente gravi e dure per un individuo: andare in guerra ed emigrare.

Verso le dieci arrivò alla porta di Castino e precisamente davanti al casotto del peso pubblico. C'era un partigiano in servizio di posto di blocco. Sergio si fermò a trenta passi da lui e se lo studiò bene per farsi un'idea dell'aspetto che avrebbe avuto pure lui, tra poco. Era un tipo basso, ma lo prolungava il moschetto a bracciarm e una volta che si presentò di profilo Sergio gli vide l'enorme bubbone che sulla chiappa gli formava la bomba a mano nella tasca posteriore dei calzoni. E poi aveva i capelli fin sulle spalle come uno del Seicento.

Nella valle scoppiò una salva di fucilate, un'altra. Erano pochi fucili insieme, ma l'eco ne traeva un gran rumore. Lui era rimasto inchiodato in mezzo alla strada, convulse ma deboli le sue mani cincischiavano il bottone della fondina. Ma poi notò che il partigiano non s'era minimamente allarmato e dall'uscio della prima casa una vecchia chiamava dolcemente una coppia di galline dalla strada. Staccò la mano dalla fondina e si affrettò verso il partigiano che s'era girato dalla sua parte e lo stava ad aspettare. Vista la faccia nuova, fece per scendersi il moschetto dalla spalla. Allora Sergio tese una mano avanti e domandò forte: – C'è il comandante Marco?

L'altro aveva il moschetto a mezzo braccio, non lo rimise su né lo sfilò del tutto e quando Sergio gli fu davanti, fece: – Per cosa?

– Vorrei parlargli per arruolarmi, se non è troppo tardi.

– Tu come fai a conoscere Marco?

– Per fama. Io vengo appena da Castagnole e di Marco se ne parla fin sull'altra riva di Tanaro.

Il partigiano si rimandò il moschetto sulla spalla. – Hai tabacco?

S'aspettava del trinciato e non le nazionali che Sergio tirò fuori per lui. Disse: – Questo è un altro fumare, – prese due sigarette e ne accese subito una.

Adesso fumava, guardava avanti e pareva essersi dimenticato di lui. Sergio dopo un momento si voltò a vedere cosa poteva guardare quell'altro. Per la strada veniva una ragazza, camminava sul bordo e con occhi desiderosi guardava giú per il pendio per scoprire quelli che sparavano.

Sergio si rigirò, gli disse: – Allora mi dici dov'è che posso trovar Marco?

– In Comune. A quest'ora dà udienza alla popolazione –. Scansò Sergio e andò a incontrare quella ragazza.

Sergio s'inoltrò in paese e trovò facilmente il Comune, che era una casa qualunque con scritto sulla facciata: «Municipio». Entrò, salí e si trovò davanti a tre porte. Bussò alla prima e poi l'aprí educatamente. Era una stanza vuota e polverosa, con un certo odore di granaglie. Lo stesso gli capitò alla seconda porta. E cosí aperse la terza senza cerimonie.

C'era un tavolo e sopra una ragazza che fece appena in tempo a serrare le gambe e mandar giú le sottane. C'era pure un uomo, ma voltava la schiena, dai suoi movimenti Sergio capí che si stava abbottonando la brachetta.

Poi si voltò, e aveva la piú bella faccia d'uomo che Sergio avesse mai vista. Portava una divisa complicata e impressionante, fatta mista di panno inglese, di maglia e di cuoio.

Sergio si schiarí la gola e l'uomo increspò la fronte. La ragazza esaminava Sergio e nel mentre si passava una mano sui capelli, che erano biondi, secchi e fruscianti come saggina.

Sergio disse: – M'hanno mandato qui per trovare Marco.

– Marco sono io.

Sergio istintivamente uní i tacchi, ma con un minimo di rumore, eppure un sorriso si disegnò piccolissimo all'angolo della bocca della ragazza.

– Sono venuto per arruolarmi, se non è troppo tardi.

– Sei bell'e arruolato, – disse Marco. – In quanto a esser tardi, non è mai troppo tardi, perché anche se finisse domani sei ancora in tempo per restarci ammazzato. Se ci si pensa, il discorso dell'anzianità è il discorso piú scemo che si possa sentire da un partigiano. Eppure da una parola in su tutti i partigiani ti sbattono in faccia la loro anzianità –. Questo sembrò a Sergio fosse rivolto piú particolarmente alla ragazza che a lui. Infatti la ragazza sbatté le palpebre come per dargli ragione e cominciò a dondolare una gamba.

– Tu mi sembri studente, – disse Marco.

– Sí.

– Di che?

– Magistrale. Seconda superiore.

– Ne terrò conto. Non c'è granché di studenti tra i partigiani.

Poi Marco gli venne vicino, gli sbottonò la fondina e uscí la pistola a metà. Fece con le labbra un segno d'apprezzamento, poi rimandò giú l'arma. Lasciando a Sergio di riabbottonar la fondina, disse: – Hai fatto bene a venir già armato, perché io non potevo darti nemmeno uno scacciacani. Da Alba siamo tornati con meno armi di quante n'avevamo quando ci siamo entrati, questo è il fatto –. Anche questo doveva averlo detto per la ragazza.

– A proposito, come ti dobbiamo chiamare?

Lui s'era scelto il nome di Raoul fin dalla notte che aveva deciso di andare coi partigiani. Sapeva perciò come rispondere, ma sentiva che niente gli poteva costar piú vergogna che pronunciare quel nome Raoul. Cosí esitava e Marco dovette ripetere la domanda.

Si fece forza e disse: – Avevo pensato di farmi chiamare Raoul, – ma con un tono come se non ne fosse ben sicuro. Poi aspettò che Marco e la ragazza scoppiassero a ridere, niente gli pareva piú giusto che scoppiassero a ridere.

Invece Marco disse: – Raoul. È un gran bel nome di battaglia. Credo che sia l'unico Raoul in giro per le Langhe.

La ragazza aveva fermato la gamba destra e messa in movimento la sinistra. Sospirò anche con una certa intensità. Allora Marco disse: – Va bene, sei dei nostri. Seconda Divisione Langhe, Brigata Belbo. Gli altri sono giú in un prato a fare i tiri. Vacci anche tu e fai conoscenza. E mescolati, dài retta a me, mescolati subito agli altri.

Quando Raoul uscí, fuori sparavano sempre. Si orientò e giunse sul ciglio della collina. Si sporse a guardar giú, cautissimo, come se si piegasse su uno strapiombo, ma tutto era perché voleva vedere e non esser visto. Ma di lassú non vedeva niente per via d'una gobba del pendio. Allora infilò un sentiero e lo scese fino a che poté scorgere i partigiani.

Erano una trentina sdraiati su un sentiero trasversale a quello di Raoul, e sparavano giú nella valle a quei cosi di cemento dove i contadini tengono a suo tempo il verderame.

Raoul scese ancora e passò sul sentiero dei partigiani. Si avvicinava adagio, che piú adagio non poteva, si sentiva molto peggio di quando era entrato per la prima volta in collegio. Adesso quelli s'accorgevano di lui, si drizzavano sui gomiti e gli gridavano tutti insieme: – Sei un nuovo, eh? È adesso che arrivi? Hai fatto con comodo, eh? Sei in ritardo di dieci mesi in confronto a noi! Dove sei stato fino ad oggi? Nascosto in un seminario?

Invece nessuno disse niente, qualcuno lo guardò subito, altri lo guardarono poi. E quando l'ebbero guardato, tornarono a mirare quei cosi bianchi in fondo alla valle.

Raoul si sedette sull'orlo del sentiero e stette per un po' a fissare l'una o l'altra bocca di fucile per cogliere il momento che ne usciva la fiammata. Piú tardi s'azzardò a guardare le facce dei tiratori, per trovarne una un po' umana. Non la trovò, ma pensò che forse era perché nessuna faccia è umana quando appare concentrata dietro il congegno di mira d'una qualsiasi arma. Si rialzò e con passo indifferente andò da una parte verso un albero. Ci si piantò di fronte, estrasse la pistola, l'armò e mirò lungamente il tronco. Il colpo partí, ma Raoul non avrebbe saputo dire se aveva o no premuto il grilletto e tanto meno dov'era potuto finire il colpo, non ce n'era traccia sulla corteccia scura. Profondamente preoccupato, rinfoderò in fretta la pistola.

Uno di quei partigiani veniva dalla sua parte. Questo aveva una faccia umana, ma quando incominciò a sorridere, il suo sorriso era cosí pieno che appariva persino feroce. Fu il primo che gli parlò, si faceva chiamare Sgancia, era con Marco da quattro mesi ma altrettanti ne aveva fatti prima in Val di Lanzo. Con tutto ciò, era appena della leva di Raoul.

Si sedettero insieme sul bordo del sentiero, ma Sgancia scelse un posto non troppo vicino alla compagnia. E dopo un accenno all'insensatezza di quella sparatoria che non serviva ad altro che a richiamar repubblica se ce n'era in giro, dopo disse a Raoul: – Fammi un po' vedere la tua pistola.

Raoul gliela passò, col presentimento che cominciava una faccenda che per lui finiva in perdita.

Sgancia esaminò la pistola da ogni parte, la fece ballare sul palmo della mano e poi disse: – È una buona pistola, ma è soltanto italiana –. Se la posò sui ginocchi e dicendo: – La mia invece è tedesca, – tirò fuori la sua e la mise in mano a Raoul.

Era di forma poco moderna e presentava parecchie macchie di ruggine e perciò Sgancia s'affrettò a dire: – Ho tre caricatori di riserva. Tu quanti ne hai?

– Ho solo piú cinque colpi, perché uno l'ho sparato in quella pianta.

– Sono pochi, cinque. Però, se vuoi, ti faccio il cambio ugualmente. Solo perché la tua è piú pesante e io me la sento meglio nel pugno. Altrimenti non la baratterei a nessun patto, nemmeno con la pistola cromata di Marco.

Raoul fece il cambio, la faccia tirata per lo sforzo di dissimulare la rabbia e l'amarezza, per un attimo cercò gli occhi di Sgancia, ma poi gli sembrò che con quel cambio pagava qualcosa di cui era in debito.

Dopo, nemmeno Sgancia sapeva piú che discorso fare. Finalmente disse: – Sai che io sono un buon tiratore? – e Raoul s'aspettava una storia di SS e fascisti ammazzati da Sgancia. Invece Sgancia tirò fuori il portafoglio e da questo una serie di foto fatte da borghese ai tirasegni fotolampo. Raoul mostrò d'interessarsi a quelle foto e fece a Sgancia qualche domanda sulla ragazza che gli compariva sempre accanto.

– Questa è roba che abbiamo lasciato in pianura, – disse Sgancia.

– Di', Sgancia, che tipo è questo Marco che ci comanda tutti?

– È uno con dei coglioni cosí, – e Sgancia fece con le dita la misura di due bocce. Poi disse: – Hanno un bel dire che per fare l'ufficiale dei partigiani l'istruzione non vale. Io per me sto sotto volentieri a uno che ha l'istruzione. Come Marco. Marco era già ufficiale nel regio e da borghese studiava all'Università di Torino per diventare professore di qualcosa. Invece in Val di Lanzo avevo per capo un meccanico della Fiat. Aveva fegato, ma non aveva l'istruzione. Ci faceva ammazzare per sport.

– Quando mi sono presentato, – disse Raoul, – c'era una ragazza con Marco.

– Parli di Jole. Abbastanza un bel gnocco, eh? Non è una cattiva ragazza.

– E che ci fa qui con noi?

– Dovrebbe far la staffetta, e non dico mica che al bisogno non la faccia.

– Ha del coraggio a stare coi partigiani. Chissà come s'è decisa a venirci?

– Io una volta gliel'ho chiesto e sai cosa m'ha risposto lei? Che essere una ragazza è la cosa piú cretina di questo mondo.

Si voltarono perché qualcosa succedeva tra gli altri partigiani. Guardavano su alla cresta della collina dove s'era affacciato un borghese. Aveva tutto l'aspetto d'un proprietario e domandava forte: – Perché sparate a quei cosi bianchi laggiú? Lo sapete che noi là dentro ci mettiamo il verderame? Me li bucate e quando ci verserò il verderame si perderà tutto. Smettetela subito o vado a dirlo a Marco.

Un partigiano salí due passi verso il borghese e gli rispose: – Sí, ma quei cosi bianchi sono l'unico bersaglio che c'è nella valle. Noi dobbiamo allenarci a sparare dall'alto in basso, perché di solito noi stiamo in alto e la repubblica in basso.

– Ben detto, Kin! – gridò un altro partigiano.

Ma il borghese disse: – Allenatevi fin che volete, ma da una parte dove non facciate danno, o vado a dirlo a Marco –. Non aggiunse altro, ma restò a guardare se sgomberavano. Sgomberarono e, Sgancia e Raoul con loro, andarono alla cappella di San Bovo. Si misero a tirare alla campanella, ad ogni schioppettata giusta la campanella faceva den! e loro ridevano come bambini.

A mezzogiorno risalirono la collina e andarono a una grossa cascina dov'era la mensa. Entrarono cozzandosi in uno stanzone: c'erano quattro lunghe tavole con intorno tante panche, una damigiana di vino in un cantone e in aria l'odore di carne arrostita nell'olio di nocciole. C'erano già molti altri partigiani che Raoul non sapeva dove potevano esser stati tutta la mattina; dovevano aver fatto strada perché erano piú impolverati del resto. Ce n'era uno giovanissimo che fissò Raoul tra l'arrogante e il perplesso e poi domandò forte in giro: – E questo chi è?

Seduti c'erano già Marco e Jole. Jole adesso portava calzoni da uomo e tamburellava con due dita una coscia di Marco.

Vedendosi addosso gli occhi di Marco, Raoul di nuovo batté istintivamente i tacchi e dietro di lui quel partigiano giovanissimo chiese a Sgancia: – Ma chi è questo leccaculo mai visto che saluta come nell'esercito?

Raoul sedette in punta ad una panca, accanto a Sgancia. Non c'era ancora niente di pronto e cosí i partigiani cominciarono a rubarsi l'uno all'altro il pane fresco. Poi arrivò il cuciniere con un piatto di bistecche e per primi serví Marco e Jole e fin lí nessuno disse niente. Ma quando distribuí le rimanenti ad altri che loro, gridarono al cuciniere: – Ferdinando, venduto! Chi t'ha detto di farlo di lí il giro? Noi siamo i figli della serva?

Raoul fissò Marco: tagliava la carne con una specie di pugnale e pareva sordo a tutto. Allora dovette guardare altrove e per non guardar le facce dei suoi nuovi compagni finí col guardarsi le unghie. Rialzando gli occhi, vide che Marco lo fissava come a studiarlo.

Finalmente ebbero tutti la carne, ma a Raoul per quanto la masticasse non andava giú.

Rientrò Ferdinando e posò sulla tavola un cestone di pere. Ma erano acerbe e dure come pietre, le morsicarono appena, poi protestando le fecero volare nell'aia per la porta e la finestra.

Jole si alzò e uscí dicendo che andava a pisciare. Il partigiano che Raoul aveva inteso chiamare Miguel si alzò pure lui e muovendo verso la porta in punta di piedi e con la testa incassata nelle spalle disse piano: – Le vado dietro e mi nascondo a vederglielo fare.

Raoul sogguardò Marco: rideva come tutti gli altri.

Quattro o cinque si addormentarono sulla tavola col naso tra le briciole del pane e il grasso della carne. Gli altri torchiavano sigarette con cartine e un tabacco cosí scuro che a Raoul, solo a vederlo, metteva voglia di tossire.

Quando Raoul cominciò a star attento ai discorsi che si facevano intorno alla tavola dopo accese le sigarette, Kin diceva: – ... però in politica io sono rosso e a cose finite è facile che m'iscrivo al partito comunista –. Lo diceva a Delio, quello molto giovane, ma fu Sgancia che raccolse le sue parole e gli domandò un po' secco: – E allora perché stai nei badogliani?

– Cosa vuol dire? Io sono nei badogliani perché quando son venuto in collina son cascato in mezzo a dei badogliani. Se cascavo in mezzo agli anarchici o ai partigiani del Cristo che so io, facevo il partigiano con loro. Cosa vuol dire?

– Ma bravo, sei proprio un uomo con un'idea!

Kin si scaldava: – Sicuro che ho un'idea! Tu piuttosto ho paura che non ce l'hai. Perché se uno viene a dirmi che lui è comunista, io pressapoco capisco che idea ha. Ma se uno mi dice che lui è badogliano, io cosa devo capire? Dài, Sgancia, rispondi lí. Cosa significa essere badogliano?

– Io te lo spiego subito, – disse Sgancia spegnendo la sigaretta. – Significa esser d'accordo con Badoglio, approvare quel che Badoglio ha fatto il 25 luglio e dopo. Significa accettare il suo programma che, se non lo sai, è questo: far la guerra ai tedeschi e ai fascisti, salvare l'onore del nostro esercito che l'8 settembre è sprofondato molto giú, mantenere il giuramento al re...

– Cosa il re? – Kin s'era inarcato sulla panca come per prendere lo slancio. Difatti, quando Sgancia affermò che i partigiani badogliani erano monarchici, Kin scattò in piedi. – Monarchici le balle! – urlò. I quattro o cinque addormentati alzarono la testa e guardarono in giro con occhi torbidi.

– Monarchici le balle! – ripeté Kin. – Il tuo re è uno schifoso vigliacco, è il primo traditore...!

Sgancia si alzò e pallido come un morto disse: – Non parlare cosí del re! Cristo, Kin, non parlare cosí del re davanti a me!

– Non parlare cosí del re? Cristo, ci ha messi tutti su una strada! Era già un mezzo uomo che a vederlo faceva ridere tutti gli stranieri, va ancora a farci fare la guerra! Ci ha rovinati e poi ci ha lasciati a sbrogliarcela da soli. Ma guarda che strage per sbrogliarcela da soli! Se aveva un po' d'onta, veniva a fare il partigiano con noi o almeno ci mandava quel puttaniere di suo figlio che è ancora giovane. Ma finito questo, li fuciliamo tutt'e due, com'è vero Dio li fuciliamo! E se riescono a scappare, visto che a scappare sono in gamba, ci sarà sempre un italiano che li andrà a cercare e li troverà e li ammazzerà come due cani!

Uno che si chiamava Gilera alzò una mano e disse: – Basta, Sgancia, basta Kin, non abbiamo mai fatto della politica e ci mettiamo a farla adesso? Se volete saperlo, io ero nella Garibaldi e sono passato nei badogliani perché nella Garibaldi avevamo i commissari di guerra che ci imbalordivano con la politica.

Raoul era monarchico, ma a modo suo, amava la monarchia come si ama una donna. Ora odiava Kin, ma non s'accostava a Sgancia, per gelosia. E stava zitto, perché aveva paura, tutta la gente nello stanzone gli faceva una grande, precisa paura. Guardò a Marco: fumava e soffiava il fumo dentro un raggio di sole che entrava dalla finestra. Pareva concentrato a studiare come il fumo evoluiva e s'assestava in quella guida di luce, ma di colpo fece un gesto come ad accusar malditesta, gettò la sigaretta e uscí.

Raoul s'alzò dalla panca per seguirlo, non voleva restare senza Marco nello stanzone, si preparò ad uscire alla meno peggio. Mentre cosí esitava, rientrò Jole e Raoul ricadde sulla panca, incapace di fare un movimento qualunque sotto gli occhi della ragazza.

Gilera disse a Jole: – Ce n'hai messo del tempo. Dunque non hai pisciato soltanto.

– Fattelo dire da Miguel cos'ho fatto.

Dietro di lei era tornato Miguel e faceva apposta la faccia di chi ha visto cose grandi e rare. Disse: – Lo fa cosí bene che non ti fa perdere la poesia. Se avevo la macchina, le prendevo la foto.

Risero tutti, anche Sgancia e Kin che erano ancora sfisonomiati. Rise anche Jole e ridendo saltò a sedere sulla tavola e di là disse: – Su, ragazzi, parliamo sporco.

Raoul si portò una mano alla bocca, si alzò e urtando un paio di panche uscí a testa bassa. Traversò l'aia e senza stare a cercar sentieri arrivò sulla strada della collina tagliando per un prato in salita. Appena sulla strada si voltò di scatto, perché gli era balenato il pensiero che i partigiani nello stanzone credessero che lui disertasse e lo inseguissero con le armi puntate. Ma nessuno l'inseguiva. Allora traversò la strada camminando a passi storti e masticando continuamente a vuoto per tener giú qualcosa che voleva venirgli su dallo stomaco. Sul bordo della strada disse: – Oh mamma, mamma! – e poi si slanciò giú per il pendio. Era tanto ripido che in breve la sua corsa divenne una irresistibile volata, gli alberi piantati ai piedi della collina sembravano salirgli incontro, aveva una paura matta di stramazzare con le caviglie rotte. Vide da una parte una depressione del terreno, deviò con un gran salto e vi cadde dentro. Era un buco abbastanza profondo, nessuno ve lo poteva scorgere dentro che non fosse sospeso per aria. Si allungò tutto sulla terra umida e gridò: – A cosa mi serve aver studiato? Qui per resistere bisogna diventare una bestia! E io non me la sento, io sono buono! Oh mamma, mamma!

Ripensò all'alba di quello stesso giorno, possibile che si trattasse di sole otto ore fa?

Otto ore fa sua madre girava per la cucina in sottoveste e aveva la voce rauca, come se fosse stata svegliata da una disgrazia nella notte. Lui non poté finire il latte con l'uovo sbattuto dentro e pieno di rimorso allontanò la tazza. Disse: – È una cosa giusta, mamma. La parte buona è quella dove vado io. Anzi io ci vado un po' tardi. Ci son già andati tanti come me e meglio di me.

– Lo so che vai dalla parte buona e che ce ne sono già tanti, ma... – insomma si capiva che per sua madre lui era d'altra carne e d'altre ossa. Lei disse ancora: – Io dico solo che ci potresti andare al momento buono.

– Ma è sempre il momento buono, lo è stato fin dal principio. E poi capisci che se per andare tutti aspettano il momento buono, il momento buono non verrà mai.

Sua madre scosse la testa. – Non è ancora il momento buono. Guarda che batosta i partigiani si sono ancora presi dalla repubblica ad Alba. No, non è ancora il momento buono. Lo dice anche Radio Londra.

Sergio s'era alzato da tavola ed era andato alla porta a passi indiretti. Di là guardò sua madre: mai l'aveva vista tanto svestita e spettinata, mai le aveva sentita quella voce dura, da uomo. Disse: – Ti piacerebbe che poi mi dessero del vigliacco?

Lei gli rispose forte: – Nessuno può darti del vigliacco se tu dici che non hai voluto dare il crepacuore a tua ma-

dre. E poi c'è la legge che parla per te. Nemmeno l'esercito del re prendeva i figli unici alle madri vedove.

Uscí sull'aia e sua madre dietro. Si voltò a dirle che ri-
entrasse, che non era abbastanza vestita per stare all'aria
alle cinque di mattina. Lei non gli badò, gli disse: – Tu non
sei buono a fare quel mestiere, non ne sai niente, non hai
mai fatto il soldato.

– Sono buono, stai tranquilla, mi difenderò.

Lei si mise a guardare in alto. – C'è un brutto cielo, mi
mette dei presentimenti. Se devi partire, parti una mattina che il cielo si presenti un po' piú bello. Può già essere domani mattina –. Poi, come lo vide incamminarsi al
cancello, gli domandò con un grido: – Da che parte vai?

– Vado a Castino, voglio arruolarmi sotto il famoso
Marco. Vedi, sarò appena a quindici chilometri da casa.
Fa' conto che sia in vacanza dalla nonna.

Quando passò il cancello lei gli gridò: – Sergio! Sergio, per carità, non voler sempre fare il primo! Non fare
il valoroso!

Lui si voltò e le disse: – Ciao, mamma. Ho un debito di
sessanta lire al caffè della stazione. Fa' il piacere, pagamelo.

Se con gli altri sapesse esser duro, quasi crudele come
lo era con quelli che gli volevano bene, non si sentirebbe
tanto indifeso agli sguardi e alle parole dei partigiani. Se
fosse stato inflessibile con Sgancia come con sua madre,
a Sgancia non riusciva sicuramente la porcheria del cambio della pistola.

Quando si levò da quel buco, poté leggere l'ora nel colore dell'aria. Dovevano esser le sei, il tempo gli era passato come a uno che dorme. Ma lui non aveva dormito,
aveva fatto centinaia di pensieri, tutti disperati, nei quali
dava la colpa ai partigiani che non erano come lui li aveva
immaginati e poi, siccome coi partigiani non poteva sfo-

garsi e con se stesso invece sí, dava la colpa a sé che aveva sbagliato a immaginarli.

Ritto sul pendio, aveva dinanzi ondate di colline che già si fondevano nella precoce sera di novembre. Guardava verso Castagnole e mentalmente calcolava che per tornarci c'erano quattro colline da valicare e un tratto di piana. Un lume, il primo che s'accese sulla collina dirimpetto, lo fece decidere: se partiva subito, si ritrovava a casa prima di mezzanotte. Era ancora fermo sul bricco di Castino e già si vedeva spingere la porta di casa sua, entrare e sedersi stanchissimo sulla prima seggiola della cucina. Avrebbe smesso il vestito che aveva indossato la mattina per andare in guerra, avrebbe smesso anche tante idee, ma gli sarebbe rimasto il rispetto di sé, perché da solo s'era tirato fuori dall'orribile avventura nella quale s'era cacciato da solo.

Se risaliva il pendio e pigliava la strada di Castino poteva incocciare qualche uomo di Marco. Pensò di calare al piano e di laggiú attaccare a salire la prima delle quattro colline. Ma guardando in basso vide la valle cieca e profonda come un lago d'inchiostro. E poi, tutto d'un tratto, dal versante dirimpetto venne il rumore d'una motocicletta. Raoul non scorgeva il fanale della macchina, non la strada sulla quale essa correva, il rumore era intermittente come se si liberasse solo in certi punti e non aveva piú niente di meccanico, era selvaggio, lamentoso e spaventevole come il verso del lupo errante sulle colline. Raoul rabbrividí. I partigiani erano in giro! Non partigiani di Marco, ma partigiani con la faccia ed il cuore di Kin e di Sgancia, di Miguel e di Delio, ancora piú terribili perché sconosciuti, che lui aveva il terrore d'incontrare di notte sulla cresta delle colline, nel fondo delle valli, alle svolte delle strade.

Al campanile di Castino batterono le ore, e quei sei tocchi, pur tristi, lo confortarono, gli suonarono come un saggio, amichevole consiglio di togliersi da quella solitudine. Risalí rapidamente il pendio e una volta sulla collina, fu lieto di vedere illuminata la finestra a pianterreno della casa dov'era la mensa.

Cosí Raoul rimase coi partigiani e a cena nessuno, nemmeno Marco, gli domandò dov'era stato l'intero pomeriggio.

Dopo cena, Kin venne a dirgli che gli toccava fare due ore di guardia e gli prestò il suo moschetto per fare il servizio.

Salí al bricco che Kin gli aveva mostrato da sulla porta e cominciò a vigilare.

L'essere solo e armato nella notte fu la prima grande sensazione che provò, l'unica delle tante belle che aveva immaginato doversi provare da partigiano. Stava all'erta ma senza timori, non c'erano insidie nella notte, anche se ai suoi occhi troppo fissi il buio pareva brulicare e in fondo alla valle gli alberi crosciavano con un rumore di grandi cascate d'acqua. Non una luce nel seno nero delle colline, luci c'erano laggiú in fondo a tutto, là dove si poteva credere ci fosse la pianura. Si voltò a guardar giú alla cascina e la vide tutta spenta. Kin e Sgancia, Miguel e Delio e tutti quegli altri dormivano già, prima d'addormentarsi dovevano essersi detto che potevano fidarsi di lui.

Essendo stato attento anche ai tocchi delle ore al campanile, sapeva che il suo turno era già passato, ma non gli rincresceva fare quel soprappiú di guardia perché sentiva che quando fosse rientrato per mettersi a dormire, dove e come ancora non sapeva, sarebbero ricominciate le sue miserie, le brutte sensazioni.

Quando un altro tocco batté al campanile, venne su Delio, si fece passare il moschetto e gli disse di scendere a dormire.

– Dove si dorme?

– Nella stalla.

– E dov'è la stalla?

– Prima del portico. Oh, non coricarti nella greppia perché quello è il mio posto. Se ti corichi, quando poi torno io, devi sgomberare.

Raoul scendendo smarrí il sentiero e senza piú cercarlo finí di calarsi per un prato marcio di guazza.

Aveva aperto cautamente la porta della stalla e s'era fermato un istante sulla soglia. La stalla era un blocco di tenebra e ne veniva un puzzo tale quale. Due grosse macchie biancastre oscillarono in quel buio e Raoul capí che erano due buoi che si voltavano a vederlo entrare. Ma gli uomini coricati non erano assolutamente visibili, i respiri e il russare sembravano venir da sottoterra.

Entrò, deviò a destra, miserabilmente incerto su ciò che avrebbe fatto. Urtò col piede un corpo, ma da questo non venne nessuna reazione, come morto. Raoul era rimasto col fiato ed il piede sospesi. Dopo non aveva cercato oltre, s'era chinato e coi piedi e con le mani aveva tastato se c'era spazio per il suo corpo e s'era allungato lí.

Ora giaceva sull'ammattonato come se ci stesse per tortura, tra le sconnessure dell'uscio filtravano mute correnti d'aria che infallibilmente lo ferivano nelle parti piú sensibili. Il collo degli scarponi gli pesava ferocemente sulle caviglie, pareva gliele stesse lentamente incidendo e che tra poco gli scarponi dovessero cadere con dentro i suoi piedi. Soffriva un gran male ma pensava che non doveva toglierseli. Non trovava la posizione buona, soprattutto non sapeva dove sistemare la testa e pensava a come son ben provveduti gli uccelli che possono ficcarla sotto un'ala.

Di quando in quando i buoi puntavano gli zoccoli e la paglia gemeva sotto i corpi che si rivoltavano.

Poi il freddo crebbe, s'erano interrotti quei fiati di caldo che venivano dalle due bestie. Si trascinò sulle ginocchia fino alla lettiera e prese due manate di paglia. In quel momento uno di quei due bestioni fece il suo bisogno, si sentí forte un plaff! Raoul si parò la faccia con la paglia perché aveva sentito gli schizzi prendere il volo. Si ritirò, sedette, si fece piovere un po' di paglia sui piedi, si ridistese e si aggiustò il resto della paglia sulla pancia e sul petto.

Ma stava male lo stesso, insopportabilmente male e se la sentinella fosse stato un altro che Delio, sarebbe stato un sollievo tornarsene fuori e aiutarlo a far la guardia, e poi aiutare quello che avrebbe rilevato Delio e cosí avanti fino a chiaro. Eppure era stanco, quella era stata la piú lunga giornata della sua vita. Si disse: «Come mi sento male! E non ci farò mai il callo, mai!»

Cominciò ad avvertire in tutto il corpo quella pesantezza che a casa nel suo letto lo faceva languidamente sorridere perché era il segnale che il sonno arrivava quatto quatto, un sonno pulito, regolare, sicuro. Ma qui c'era miseria e pericolo.

Infatti, se pensava alla notte fuori di quella lurida stalla, non riusciva piú ad immaginarla tranquilla e innocente come l'aveva vista e sentita in quelle ore che era stato di sentinella. Le cose dovevano esser cambiate da quando non piú lui ma Delio faceva la guardia per tutti. Sentiva che un pericolo veniva velocemente alla loro volta, dritto su quella stalla, e doveva esser partito proprio da quelle luci laggiú in pianura. Come facevano gli altri a dormire con quell'abbandono? Erano sicuri d'arrivare a vedere il mattino?

Sentí l'ammattonato sciogliersi sotto la schiena e divaricando le gambe s'addormentò profondamente.

La porta della stalla si spalancava con un colpo rimbombante e il vano si riempiva d'uomini tutti neri come mascherati dalla testa ai piedi. Mossero un passo avanti e puntarono potenti lampade elettriche per tutta la stalla. La prima cosa che quella luce feroce scopriva erano le canne delle loro armi spianate verso la lettiera. A Raoul quella luce passava un palmo sopra la testa e si poteva credere che non l'avessero ancora visto. I fasci di luce finivano in circoletti bianchi simili a tante piccolissime lune e centravano una per una le facce di tutti i partigiani. Fosse quella luce artificiale o altro, eran già tutte facce di cadaveri, con le palpebre immote e gli occhi sbarrati. Poi uno di quegli uomini neri urlò un comando e tutti i partigiani si alzarono dalla paglia aiutandosi con le mani o strusciando la schiena contro la parete. Adesso li facevano uscire come vitelli dalla stalla. Senza che nessuno gli dicesse niente o gli posasse una mano sulla spalla, Raoul si drizzò e passò ultimo tra due file di uomini neri schierati contro i battenti della porta. Passando, vide luccicare sugli elmi e sui baveri gli emblemi della repubblica.

Sull'aia c'era già Delio, ma tutto rattrappito per terra. Li lasciarono fermarsi a guardarlo, poi cinque o sei di quegli uomini presero la rincorsa, scavalcarono il cadavere di Delio, si buttarono in mezzo a loro maneggiando i fucili per la canna e li mandavano in mucchio contro il muro dell'aia. Ma non ce ne sarebbe stato bisogno, ci andavano da soli, anche se un po' adagio, ma era perché non dovevano essere perfettamente svegli. Erano tanti, tutta la guarnigione di Castino, mancava solamente Marco e Jole, e quel lungo muro non aveva un posto per ognuno e cosí in certi punti la fila era doppia e tripla. Raoul venne a trovarsi con la schiena al muro e sul petto, che lo soffocava, l'ampio dorso di Miguel. Sentí Kin dir piano a Miguel: – Marco è a dormire con Jole in un altro posto. Ma spero che poi trovino anche lui. Se no, non è giusto –. Una parte dei soldati venne marciando a schierarsi davanti a loro. Raoul volle urlare,

ma non gli uscí che un fischio tra i denti. Poi trovò la voce
e cacciò un urlo: – No! – e nel medesimo tempo scostava
il corpaccio di Miguel come fosse una piuma e correva in
mezzo all'aia gridando: – Non voglio, non voglio! – Lot-
tò con un soldato che gli aveva subito sbarrato la strada e
gli premeva la punta del fucile nella bocca dello stomaco,
ma lui urlava lo stesso: – No! Non è che non voglio morire! Ma voglio morire a parte, morire da solo! Mi fa schifo
dividere il muro con quelli là! Non li conosco, non li...!

Era già chiaro, i due buoi erano ben svegli e freschi come se avessero già fatto la loro ginnastica mattutina. Raoul
sollevò la testa adagio e faticosamente come se si sentisse
appesa una palla di piombo. Girando gli occhi, vide per
primo Delio. Stava seduto a cavalcioni della greppia, si
grattava la nuca e la sua fronte era piena di rughe.

Delio gli domandò: – Dormito bene per la prima volta?

C'era un po' di malignità nella sua voce, ma forse Delio non aveva un'altra voce.

Raoul gli disse: – Ho sognato che t'hanno ammazzato. La repubblica, lí fuori sull'aia. Parola d'onore che l'ho
sognato.

Delio disse: – Stessi secco a sognare delle cose cosí! – ma
rideva.

Rise anche Raoul e svegliarono tutta la stallata.

Vecchio Blister

Quando Blister accennò a parlare, i partigiani di Cossano gridarono: – Stai zitto tu che ci hai smerdati tutti! Fai star zitto questo ladro, Morris!

Blister, il ladro, stava seduto su uno sgabello a ridosso della parete, e aveva di contro la fila dei partigiani innocenti e offesi, ma tra lui e loro correva vuoto lo spazio di quasi tutto lo stanzone.

Il capo Morris disse: – Parli se vuol parlare. A lui non servirà a niente e noi invece ci passiamo il tempo mentre aspettiamo che torni Riccio con la sentenza.

Set scosse la testa. – Ci farà solo mangiare dell'altra rabbia, – disse, ma tutti s'erano già voltati a sentir Blister.

Blister ruotò adagio la testa per mostrare come gliela avevano conciata, poi disse accoratamente: – Guardate come avete conciato il vostro vecchio Blister.

Uno gridò: – Cosa t'aspettavi? Che ti facessimo le carezze? Sei un delinquente!

Blister dimenò la testa e disse col medesimo tono: – Avete fatto molto male. Dovevate ricordarvi che io sono di almeno quindici anni piú vecchio del piú vecchio fra voi. Ho i capelli grigi e ho dovuto sentire uno come Riccio che ha sí e no sedici anni che bestemmiava perché non arrivava a darmi un pugno sul naso.

Disse Morris: – Qui l'età non c'entra. Qui c'entra solo

essere partigiani onesti o ladri. Noi siamo onesti e tu sei un ladro e cosí noi t'abbiamo picchiato. E ringrazia, Blister, che abbiamo fatto le cose tra di noi. La prima idea era di legarti alla pompa del paese e tutti i partigiani di passaggio avevano il diritto di darti un pugno per uno. E sarebbe stata una cosa giusta, perché tu hai sporcato la bandiera di tutti.

Blister disse: – Allora vi ringrazio e dei pugni non parliamone piú –. Parlava con voce piana, come uno di età che vuole ragionare dei ragazzi impulsivi ed è convinto che alla fine riuscirà a ragionarli. – Parliamo del resto. Però vorrei che vi faceste un po' piú avanti perché mi fa male vedervi cosí distanti. Non ci sono abituato.

Non se ne mosse uno, Blister aspettò un poco e poi disse: – Ho capito. Vi faccio schifo –. Giunse le mani e chiese: – Ma come posso farvi schifo? Cos'è capitato? Fino all'altro giorno io ero il vostro vecchio Blister e, senza offendere Morris, ero il numero uno dei partigiani di Cossano. Ognuno di voi stava piú volentieri con me che con chiunque altro, potete forse negarlo? Quando ci incontravamo con l'altre squadre, voi mi mostravate a tutti perché non c'era in nessuna squadra un uomo vecchio come me. Allora mi presentavate come il vostro vecchio Blister e vi facevate vedere a tenermi una mano sulla spalla. Io sono quello che vi ha tenuti sempre tutti di buonumore. Da chi andavano quelli di voi che avevano il morale basso? Venivano da Blister, come se Blister fosse un settimino. È che io sapevo il segreto, perché voi siete ancora tutti ragazzi, mentre io ho quarant'anni e ho imparato che la vita è una cosa talmente seria che va presa qualche volta sottogamba altrimenti la tensione ci fa crepare tutti. Vi ricordate quel giorno che arrivò Morris e ci disse che l'indomani ci sarebbe stato un rastrellamento mai visto? Poi non ci fu, ma Morris non ci aveva nessuna colpa perché ci aveva solo detto quello che il Capitano aveva detto a lui. Ma nella notte avevate tutti il morale basso, eravate pieni di presentimenti. Vi ricordate cos'ho fatto io? Verso mezzanotte ho cominciato a tirare fuori una barzelletta e poi un'altra e un'altra. Voi non finivate piú di ridere e arrivò la mattina e si poté vedere che il rastrellamento non c'era. Adesso mi sanguina il cuore a pensare a quella notte e darei non so cosa perché niente fosse cambiato da allora –. Giunse di nuovo le mani e domandò: – Ma perché siete cambiati con me? Per la balla che ho fatto?

– Chiamala balla! – disse Morris, – sai come si chiama nella legge la tua balla? Rapina a mano armata. E per di piú fatta in divisa da partigiano.

– Sarà come dici tu, Morris. Sarà che ho rubato, ma io non ne sono persuaso. Per me, io mi sono solo sbagliato perché ero ubriaco.

Disse Set: – Questa non è mica una scusa. Questo significa che sei un porco ancora di piú.

– Lascia perdere, Set, – disse Blister. – Fatto sta che ero ubriaco. E m'ero ubriacato in questo modo. Andavo a spasso per la collina, ma avevo il mio moschetto a tracolla, perché nessuno può dire che Blister non faceva il partigiano sul serio. A un certo punto mi sento sete e vado alla prima cascina e dico al padrone di darmi un bicchiere di vino. Vedete come vanno le cose? Alzi una mano chi non è mai andato a una cascina per farsi dare un bicchiere di vino. Ah, nessuno può alzarla. Il padrone per prendere un bicchiere apre la credenza e io vedo che nella credenza c'era una mezza bottiglia di marsala. Allora gli ho detto di darmi un bicchiere di marsala invece che di vino. Lui me l'ha dato e io ho finito per bergli tutta quella mezza bottiglia. Il padrone non protestava, io ho un'età che la roba un po' forte è una necessità del corpo e l'ho bevuta tutta. Però in

quella cascina non ho fatto niente di male perché la marsala ha cominciato a farmi effetto quando ero già lontano
un chilometro. Ma guardate le cose, mi è tornata la sete. E
cosí sono entrato in un'altra cascina dove c'era un padrone e una padrona. Giuro che non ho visto che la padrona
aveva la pancia rotonda. Ho chiesto un bicchiere di grappa e l'ho chiesto un po' da prepotente, questo è vero. Ho
finito per berne tre. Allora dentro di me c'è stata la rivo-
luzione. Mi son trovato in mano il moschetto che avevo
a tracolla e ho sparato al lume sopra la tavola e un altro
colpo nel vetro della credenza. La padrona aveva alzato le
mani e strideva come un'aquila e il padrone mi grida: «La
mia donna è incinta, per amor di Dio non spaventarla o
le succede qualche pasticcio dentro!» Io non sentivo piú
nessuna ragione e cercavo solo qualche altra cosa di vetro
da spararci dentro. Allora il padrone m'è girato dietro e
con uno spintone a tradimento m'ha buttato fuori e ha subito sprangato la porta. Fuori c'era legato il cane e voleva
saltarmi addosso. Io gli ho fatto un colpo dentro e quel cane è stato secco. Ero ubriaco marcio, ero matto, e capisco
che sono stato un gran vigliacco, specialmente con quella
donna incinta e anche con quel povero cagnetto, ma neh
che se mi fermavo lí voi non mi facevate la parte che m'a-
vete fatto per il resto?

Nessuno gli rispose. Blister si portò le due mani alla testa, ma per sfiorarla appena, e si lamentò cosí: – Che male mi fa la testa. Sento bisogno di toccarmela ma se me la
tocco mi brucia come il ferro rosso. E non posso neanche
piú parlare –. Guardò i partigiani uno ad uno e poi disse: – Gym, tu che mi sembra m'hai sempre voluto bene,
vammi a prendere un mestolo d'acqua. Non posso quasi
piú muovere la lingua dentro la bocca.

– Vai pure a prendergli l'acqua, – disse Morris a Gym,

e a Blister: – Puoi anche smettere di parlare, tanto è come se parlassi ai muri. E poi non dipende piú da noi. Ho mandato Riccio dal Capitano a prendere la tua sentenza. E il Capitano è uno che ci tiene alla bandiera pulita ed è piú facile faccia la grazia ad uno della repubblica che a uno dei suoi che ha rubato.

Blister aveva trasalito. – Hai mandato Riccio dal Capitano? Ah, Morris, non mi hai mica trattato bene. Dovevi dirmelo che mandavi Riccio dal Capitano, cosí io prima parlavo a Riccio. Non gli dicevo mica niente di segreto, gli dicevo solo di spiegare bene al Capitano chi sono io. Il Capitano ne comanda tanti che non può ricordarsi di tutti. Al Capitano io ho parlato una volta sola, ma quella volta il Capitano m'ha detto bravo Blister. Questa è una cosa di cui vorrei che il Capitano si ricordasse. Io l'avrei detto a Riccio.

Morris scosse la testa. – Stai sicuro che anche stavolta il Capitano ti dice bravo Blister, ma in una maniera che te ne accorgerai.

Rientrò Gym col mestolo d'acqua, Blister lo prese con due mani e bevve, ma si sbrodolava tutto.

Set stette a guardarlo per un po' e poi fece: – Pfuah! Non fare il teatro, Blister.

Blister alzò gli occhi a Set e abbassò il mestolo. Disse: – Non faccio il teatro, Set. Lo vedi anche tu che ho un labbro spaccato. E adesso che ci penso, devi avermelo fatto proprio tu perché ci sei solo tu qua dentro ad avere un pugno di quella forza. Tu non sei mai stato mio amico.

– Puoi dirlo. E adesso sono il solo che può dire di non essersi sbagliato sul tuo conto. Io ho sempre diffidato di te. Non capivo cosa veniva a fare uno della tua età in mezzo a dei giovani come noi. Io avevo il sospetto.

E Blister: – Tu hai il sospetto come tutti quelli che non

capiscono o capiscono troppo tardi. Qui dentro sono tutti buoni, in fondo, meno te. Tu, Set, incominci a farmi paura.

Set allargò la bocca come per ridere e disse: – Io me ne vanto di far paura ai delinquenti!

Blister disse calmo: – Ma io non sono persuaso d'essere un delinquente e se me lo dici tu ne sono ancora meno persuaso –. Scrollò le spalle, si voltò agli altri e disse: – Adesso che ho bevuto voglio dirvi la fine. Solo per farvi vedere come vanno le cose. Io ero ubriaco e dalla cascina della grappa sono andato a un'altra cascina. Mi pare che volevo dormire e dormire in un letto. Forse era l'effetto del bere, ma per me quella cascina aveva un'aria misteriosa. C'era un silenzio, tutte le imposte chiuse in pieno pomeriggio, non c'era nemmeno il cane di guardia. Viene ad aprire un vecchio dopo che io avevo bussato tre o quattro volte. Ma non m'ha mica aperto, ha slargato appena la fessura della porta e mi ha guardato in faccia. Si capisce che io avevo una faccia un po' sfisonomiata, ma non credo che fosse una faccia cattiva. Invece quel vecchio deve aver preso paura della mia faccia e pian piano cercava di richiudere l'uscio e nel mentre mi diceva tutto di seguito: «Io ai partigiani ho già dato un vitello, i salami di mezzo maiale, ho dato un quintale di nocciole per far l'olio, e due damigiane di vino. Io non ho mai chiuso la porta in faccia ai partigiani e non gliela chiuderò mai. Ma non mi piacciono i partigiani che girano da soli». Credeva di avermi ragionato e teneva la porta ancora socchiusa forse per vedermi andar via. Io invece mi sono incarognito, ero ubriaco, ho fatto forza con le spalle e sono entrato. Una stanza scura e c'era una donna giovane che mi sembrava saltata fuori per magia. Il vecchio aveva paura e mi dice: «Questa è la sposa di mio figlio prigioniero in Russia». La donna invece non aveva paura, e ha incominciato a farmi un mucchio di domande, chi ero, chi era il mio comandante, cosa cercavo, troppe domande per il carattere di uno nello stato in cui ero io. A tutte quelle domande io mi metto a pensare: «Costoro hanno il sospetto. E chi ha il sospetto ha il difetto». Mi guardo intorno e la prima cosa che vedo è un gagliardetto del fascio. Un gagliardetto nell'angolo piú scuro della stanza.

Morris disse: – Non era un gagliardetto! Era una bandiera che aveva guadagnato suo marito a ballare. Tant'è vero che c'era sopra ricamato «Gara Danzante. Primo Premio».

Disse Blister: – Lo so che lo sai, Morris, l'ha detto la donna al processo che m'avete fatto ieri. Ma io l'ho preso per un gagliardetto e lo prendeva per un gagliardetto chiunque fosse stato partigiano e ubriaco. Allora gli ho dato dei fascisti e degli spioni, li ho puntati col moschetto e li ho messi tutt'e due al muro. Il vecchio si è messo a piangere, ma la donna strideva come un'aquila, non voleva stare al muro e ho dovuto rimettercela tre volte. Poi gli ho detto: «Il gagliardetto ce l'avete. Adesso guardo se avete anche il ritratto di Mussolini».

– E invece hai trovato l'oro e te lo sei preso tutto.

– Io ero convinto che erano fascisti. E chi è che lascia la roba ai fascisti?

Morris continuò: – E poi sei andato a venderlo a quell'uomo di Castiglione.

– Cosa ne facevo dell'oro?

Parlò Set: – Già, non ne facevi niente –. La rabbia gli scuoteva tutto il corpo, un momento prima si era allentata la cinghia per aggiustarsi i calzoni alla vita ed ora non riusciva piú a ristringerla per via della fibbia che gli ballava tra le dita tremanti. Disse: – Ma non farai mai piú niente di niente se il Capitano è d'accordo.

Blister drizzò la testa e chiese: – Ma per quello che c'è stato e che vi ho raccontato volete proprio prendermi la pelle? Ma allora non è meglio che me la facciate prendere dalla repubblica? Non è una condanna piú da partigiani? Se proprio volete che io ci lasci la pelle, stanotte mandatemi ad Alba a disarmare da me solo un posto di blocco. Io ci vado, naturalmente da me solo non ci riesco, la repubblica mi fa la pelle e voi siete soddisfatti.

Tutti scoppiarono a ridere di scherno e Morris disse: – Stai fresco che ti mandiamo ad Alba. Tu ci vai fino ad Alba, nessuno ne dubita. Ma poi a cinquanta metri dal posto di blocco lasci cascare il fucile, alzi le mani e gridi che sei scappato dai partigiani, che vuoi arruolarti nella repubblica e che se loro ti dànno fiducia tu gli fai prendere in un colpo solo tutti i partigiani di Cossano. Stai fresco, Blister, che ti mandiamo ad Alba.

Prima ancora che Morris finisse, Blister aveva steso avanti le mani e le agitava in aria come se volesse cancellare le parole di Morris. Disse: – Ah, Morris, non sei giusto, non parli bene. Sopporto che mi date del ladro ma non del traditore. Non c'è nessuno che può trovar da dire a Blister come partigiano. Io ho sempre fatto il mio dovere di partigiano. Non ho mai fatto niente di speciale, ma chi è che ha fatto qualcosa di speciale? Però io l'ho fatto qualcosa di speciale, adesso che ci penso, ed è stato quando è finita la battaglia di Alba e il vescovo di Alba ci ha fatto sapere che la repubblica era disposta a darci indietro i nostri morti. C'era o non c'era Blister in quei sei che sono entrati in Alba nel bel mezzo della repubblica a prendere i morti partigiani? I morti erano sul selciato, già nelle loro casse, e intorno c'erano degli ufficiali della repubblica con l'elmetto in testa e i guanti nelle mani. Aspettavano che arrivassimo noi e noi siamo arrivati su un camion tedesco di quelli gialli, preda bellica lampante. Abbiamo preso quel camion là per non far la figura di essere completamente al passivo. Gli ufficiali della repubblica hanno arricciato il naso a vedere quel camion tedesco, ma poi non hanno detto niente. E quando abbiamo finito di caricare le casse sul camion, uno di quegli ufficiali viene da me forse perché ero il piú vecchio e mi dà la mano da stringere, ma vigliacco se io gliel'ho stretta. È stata una scena, chiedete alla gente di Alba che stava a vedere dalle finestre e non respirava nemmeno piú per la paura che succedesse qualcosa da un momento all'altro. E questo è capitato il 3 di novembre ed è stata una cosa speciale perché se non è speciale che un vivo giochi la sua pelle per portare a casa dei morti, allora di speciale non c'è piú niente. Quindi come partigiano Blister lasciatelo stare e fate l'esame di coscienza prima di fargli la pelle.

Adesso lo lasciavano, uscivano tutti in fila, doveva esserci stato un gesto di Morris che Blister non aveva notato.

«Vanno a mangiare, dev'essere mezzogiorno, – pensò lui, – da ieri ho perso il concetto del tempo». Si sentí come se il cuore gli precipitasse in un burrone aperto nel suo stesso corpo, fin che parlava ed era ascoltato si sentiva difeso, nel silenzio e nella solitudine si perdeva. Guardò in faccia quelli che uscivano per ultimi per cercare di leggervi l'effetto del suo discorso. Vide che Set aveva un'ombra su tutta la faccia e pareva avercela con Morris.

Morris uscí l'ultimo e dal fondo dello stanzone Blister lo richiamò. – Morris. Lo so che non posso venire a mangiare con voi. Però fammi dire l'ora di tanto in tanto, Morris.

Morris annuí e, uscito lui, la chiave girò due volte nella toppa.

Mangiavano nell'altro stanzone e ne veniva rumore di piatti, di vetri e di posate, ma non di voci. «A tavola parlano sempre, alle volte gridano. Oggi no, oggi mangiano e pensano. È l'effetto del mio discorso. Si ricordano di nuovo bene del vecchio Blister». Si lasciò andare a sorridere.

Poi la sentinella aveva aperto ed era entrato il cuciniere con un piatto con dentro carne e pane. Aveva fatto appena un passo dentro e posato il piatto per terra vicino all'uscio, come ai cani. Blister l'aveva ringraziato lo stesso, ma il cuciniere gli disse: – Ringrazia il cuore debole di Morris. Io questa carne me la mettevo sotto i piedi piuttosto che portarla a te. E poi è roba sprecata, non ha piú tempo di farti pro.

Il cuciniere uscí, ma subito rientrò con due cose che doveva aver lasciato dietro l'uscio: un secchio d'acqua e uno straccio d'asciugamani che posò dicendo: – Per lavarti la faccia. Devi averla pulita quando ti portiamo fuori, – e uscí definitivamente.

Blister non toccò il mangiare, prese il secchio e se lo portò fino allo sgabello. Ci si sedette, col secchio tra le gambe. Cominciò a lavarsi, ma passarsi le mani sulla faccia gli bruciava. Allora intingeva le dita nell'acqua e poi se la spruzzava in faccia e aveva l'aria di godere come uno che si spruzza un profumo.

Parlavano dietro la porta. Scostò il secchio, in punta di piedi e colla faccia gocciolante andò all'uscio e ci stette ad origliare. Riconobbe le voci di Morris e di Set. Parlavano con molte pause, come chi sta fumando, ma senza riservatezza, e sembrava a Blister che dovessero farlo apposta a parlar tanto chiaro.

Diceva Morris: – Cosa fa Riccio che non torna? Riccio è di quelli che ce l'hanno di piú con Blister per quello che ha fatto.

Set diceva: – Fammelo fucilare da me, che io gli sparerò come se fosse un repubblicano.

E Morris: – Bisogna stare a vedere. Se Riccio torna con le guardie del corpo, sei tu che vai a toglierlo di mano alle guardie del corpo?

– Ma se deve essere uno di noi, quello voglio essere io. E dov'è che lo facciamo?

– Ho pensato a Madonna del Rovere. È un po' lontano come posto ma è sicuro.

Set non pareva interessato al posto e disse solamente: – Davvero, Morris, io mi sento di spargli senza nessuno scrupolo, colla sigaretta in bocca.

Blister non aveva perso una parola e alla fine pensò: «L'hanno fatto apposta a farsi sentire da me. È tutto teatro. Vogliono solo farmi prendere uno spavento e poi lasciano correre. Vogliono farmi provare l'agonia, ma adesso io so come regolarmi».

Cominciò a sorridere e sorrideva ancora quando nel cortile s'alzò un vocio e da questo apprese che era tornato Riccio.

Si portò di fronte alla porta e aspettò i due giri di chiave. Adesso tutto dipendeva da che Riccio fosse tornato solo e non colle guardie del corpo. Il presidio di Cossano faceva tutto teatro, ma le guardie del corpo difficilmente si adattavano a fare solo teatro, non si scomodavano per cosí poco, sotto questo aspetto era gente tremendamente seria.

Ma quando la porta si aprí, erano tutti suoi compagni quelli che si accalcarono dietro Morris e Riccio e stavano a fissarlo come affascinati.

Morris spiegò un foglietto da taccuino e nel silenzio fece lettura d'una condanna a morte mediante fucilazione. E aggiunse: – Te lo dicevamo che il Capitano non perdona queste cose. Ha detto che si vergogna lui per te.

Blister allargò le braccia e poi le lasciò ricadere sui fianchi. Morris si sporse a scrutarlo: fosse che i pugni gli avessero fatto una maschera o fosse altro, Blister sorrideva, un sorriso da furbo.

Uscirono di paese e andavano col passo legato di chi segue un funerale. A un ballatoio s'affacciò una ragazza. Era in confidenza coi partigiani e doveva saper tutto su Blister, perché dal ballatoio lo guardò precisamente come l'avevano guardato i partigiani da sulla porta. Blister guardò su, le strizzò l'occhio e passò via.

Camminava in testa tra Morris e Set, ogni tanto si voltava per un'occhiata a quella processione e quando si rigirava rifaceva il sorriso da furbo.

Passarono il ponte sul Belbo e cominciarono la piana che cessa all'imbocco della valle della Madonna del Rovere.

Morris guardando indietro vide che una mezza dozzina di suoi uomini s'erano staccati dalla fila e indugiavano sul ponte colle mani in tasca e la testa sul petto. Disse a Set di proseguire e lui tornò al ponte.

Quando vide che Morris tornava, Gym si chinò e si diede da fare col legaccio d'una scarpa.

Morris gli arrivò davanti e disse: – È inutile che fai finta di legarti una scarpa. Tirati su, che ho capito benissimo –. Li guardò in faccia uno ad uno e disse: – Parole chiare, cosa vi prende? Non siete ancora convinti che Blister è un delinquente e non volete immischiarvene?

Gym disse: – Per essere convinti siamo convinti, ma non ce la sentiamo lo stesso. È che noi eravamo abituati a Blister. Non t'arrabbiare, Morris, ma noi torniamo indietro.

Morris invece s'arrabbiò e disse duramente: – Avete la coscienza molle, però fate come vi pare. Ma è chiaro che quelli che vanno fino a Madonna del Rovere ci vanno per fare giustizia. Questo sia chiaro.

Gym disse: – Questo è chiaro, Morris, e nessuno dirà mai il contrario, – e Morris tornò su.

Blister stava dicendo a quello che gli veniva dietro: – Non pizzicarmi i talloni, Pietro.

Pietro rispose: – E tu cammina.

E Blister: – Io cammino, ma devi capire che non posso avere il tuo passo perché io ho un'altra età che la tua –. Poi si rivide Morris accanto e gli domandò dov'era stato, e Morris gli disse che s'era dovuto fermare per legarsi una scarpa. Blister gli sorrideva, un sorriso proprio naturale, e finí con lo strizzargli l'occhio. E poi gli disse: – Non farmi quella faccia da mortorio, Morris. Va' là che sei un bel burlone. Bei burloni che siete tutti. Set poi è il campione dei burloni, è quello che fa meglio la sua parte, ma è la faccia che lo aiuta di piú, che è tetra per natura. Voi non vi sognate nemmeno di fucilarmi, mi avete già quasi perdonato e se non fosse per la figura mi trattereste già di nuovo come prima, quando il presidio di Cossano non si poteva nemmeno concepire senza il vecchio Blister. Però pensate che a non farmi niente io la passo troppo liscia e cercate di farmela pagare un pochino. Ma io ho già fiutato che farete tutto in regola, meno la raffica e meno la fossa. Volete solo farmi venire un accidente, farmi prendere uno spavento che mi serva di lezione e poi per voi io sono già bell'e castigato. Volete che io mi metta in ginocchio, che preghi a mani giunte, che mi pisci nei calzoni e nient'altro. Ma se è solo per questo, perché far sgambare me e voi fino al Rovere? Potevate ben farmelo nel cortile giú a Cossano. Invece no, tutto per il teatro, fino al Rovere. È lontano, Cristo!

Blister s'era fermato per fare questo discorso e con lui s'erano dovuti fermare Morris e Set e i primi della fila. Set con uno scossone ripartí e spingendo avanti Blister disse rauco: – Io se fossi in te non lo direi piú Cristo a questa mira.

Blister stirò la faccia come se avesse un sospetto, ma poi ripigliò a sorridere e guardando Set con la coda dell'occhio: – È tutto teatro quel che fate, – disse, – e fin qui l'avete fatto bene, ma dovreste esserne già un po' stufi.

Come entrarono nella valle, da tutti i pagliai i cani di guardia cominciarono a latrare e a sbatacchiar le catene.

Morris sopportò un poco quel chiasso e poi gridò: – Possibile che non si strozzino questi cani bastardi?

Blister disse calmo: – Sono i nostri peggiori nemici. Vengono subito dopo la repubblica.

Pietro passò avanti e fece colla testa un segno a Morris. Scese a una cascina e gli ultimi della fila si fermarono ad aspettarlo sul bordo della strada. Blister, Morris e Set e gli altri erano andati avanti ed entrati in un castagneto. Da valle venne qualche grido incomprensibile e poi una voce che chiamava chiaramente Morris.

Quando fu tornato sulla strada, Morris vide giú nell'aia della cascina Pietro che alzava le mani vuote e additava un vecchio contadino che gli stava accanto. Pietro mise le mani a tromba intorno alla bocca e gridò: – O Morris, non me la vuol dare!

Morris gridò: – Perché non te la vuol dare?

Laggiú il vecchio contadino stava come una statua.

Pietro gridò: – Dice che ce n'ha già imprestata una e non gliel'abbiamo riportata!

Morris gridò al contadino: – Dategliela. Io sono Morris. Garantisco io che vi torna a casa!

Pietro e il contadino sparirono sotto un portico e poi si vide Pietro risalire il pendio con una zappa sulle spalle. Tutti fissavano l'arnese, mentre Pietro risaliva e poi ancora quando si ritrovò sulla strada.

Morris disse a Pietro: – Adesso noi portiamo Blister in un posto pulito, ma tu la fossa vai a farla nel selvaggio dove non passa gente. E falla profonda come si deve, che poi non spunti fuori niente.

Disse Pietro: – Va bene, ma poi stasera a cena non voglio veder nessuno che non mi vuol mangiare vicino e nessuno che mi dica d'andarmi a lavare le mani due volte. Siamo intesi –. Ciò detto, se ne andò colla zappa per un sentiero traverso.

Era un posto pulito, una radura, dove i partigiani di Cossano si fermarono. Si misero su due file lasciando in mezzo un largo corridoio come la gente che aspetta di vedere una partita a bocce. E quando Blister venne a mettersi in cima a quel corridoio, si tolsero le mani di tasca e si tirarono un poco indietro.

Blister appariva fortemente arrabbiato e disse: – Voi fate come volete, però la regola è che un bel gioco dura poco, – e guardò Morris perché stava in Morris di finirla con quel teatro.

Morris tendeva l'orecchio al castagneto, sentiva venirne il picchio della zappa di Pietro, faceva un rumore dolce. Guardò Blister per capire se anche lui sentiva quel rumore, ma dalla faccia sembrava di no e allora Morris si disse che Blister era veramente vecchio.

Invece Blister afferrò quel rumore e capí ed emise un mugolio di quelli che fanno gli idioti che han sempre la bocca spalancata. Poi urlò: – Raoul…! – con una voce che fece drizzar le orecchie a tutti i cani nella lunga valle, e corse incontro a Set che era apparso in fondo al corridoio. Corse avanti colle mani protese come a tappar la bocca dell'arma di Set e cosí i primi colpi gli bucarono le mani.

Un altro muro

Le due guardie marciavano come se ogni volta calassero i tacchi su capsule di potassa, Max camminava avanti tastandosi il petto.

Lo sterno risaltava subito sotto le dita, era diventato magro da far senso a se stesso, per la fame patita in quei due mesi di neve sulle colline. Non c'era piú polpa tra la pelle e lo sterno, le pallottole gliel'avrebbero schiantato immediatamente. Si strizzò la pelle e si arrestò netto. Uno dei soldati lo gomitò nella schiena e lui si rincamminò.

«Ecco com'è finita! – gridava dentro di sé, – mi fucilano! Maledetti i miei amici! È per loro che io sono entrato nei partigiani, perché già c'erano loro. E maledetti tutti quelli che parlano della libertà! Mia madre farà bene ad andargli davanti e gridargli in faccia che sono degli assassini!»

Da qualcuna delle tante porte di quel lunghissimo androne uscivano voci come «Tocca a Caprara uscire di ronda», e «Chi ha visto il tenente Guerrini?», frasi qualunque di caserma, e dette nella sua lingua, ma all'orecchio di Max suonavano misteriose e terribili come voci d'una moltitudine di selvaggi africani che hanno catturato uno sperduto uomo bianco e si apprestano a sacrificarlo. Lui era l'uomo bianco.

Deviarono verso una porta sfumata nell'oscurità e scesero un paio di scale da sotterraneo. A metà delle scale gli occhi già gli lacrimavano per il freddo, poi intravide un barlume di luce e si asciugò gli occhi col dorso della mano.

Si trovavano al piano, in un corridoio lungo basso e stretto, con in fondo una lampada insufficiente. Nel cerchio di luce stava una sentinella che come li vide comparire si staccò dal muro e gli mosse incontro con una mano tesa e dicendo forte: – Un momento, fatemelo vedere nel muso questo traditore, – ma le due guardie non l'aspettarono e quando l'altro arrivò Max già stava dietro un usciolo con spioncino.

Quando la chiave fu levata dalla toppa, allora si voltò a guardare il posto. Era buio come un pozzo, salvo che per una ragnatela di luce grigiastra che pendeva da una botola in un angolo del soffitto. Ed era una ghiacciaia, il freddo l'attanagliò tutto e prontamente come se ad esso fosse affidata la prima tortura.

Sentí un respiro, cricchiare della paglia e vide alzarsi una forma umana.

– Sei partigiano anche tu? T'è andata male come a me?

Una voce giovane, ma rauca.

Lui non rispose, senza togliergli gli occhi di dosso si portò sotto la botola, al chiaro. L'altro l'aveva seguito fin là, e Max si sentí male quando vide una faccia pesta e due occhi famelicamente curiosi ancorché semisommersi dal ridondare della carne tumefatta. L'altro disse: – Adesso mi va già meglio, dovevi vedermi subito dopo il trattamento –. Si sporse a guardarlo bene in faccia, la nebbietta del suo fiato investiva la bocca di Max. – Te però non t'hanno picchiato.

– Vallo a domandare a loro perché non me l'hanno fatto.

– Forse all'interrogatorio gli hai risposto come volevano loro.

– Non è vero, mi sono tenuto su nelle risposte. Capito?

– E va bene. Me invece m'hanno picchiato perché non dicevo quello che volevano loro. C'è un partigiano dei nostri che ha preso uno dei loro e prima di finirlo gli ha cavato gli occhi. Io so che il fatto è capitato, ma non c'entro. Loro volevano che confessassi che ero stato io a cavargli gli occhi. Tu non sei mica garibaldino?

– Io ero badogliano.

L'altro gli andò via da davanti. – Allora puoi ancora sperare, – disse cominciando a fare il giro della cella, – i preti si fanno in quattro per salvarvi la vita a voi badogliani. Ma per noi rossi non alzano un dito.

Max s'offese della stoltezza di questo garibaldino che trovava che lui poteva sperare per il solo fatto che era badogliano. – Tu non sai quel che ti dici. Per la repubblica siamo tutti nemici uguali.

L'altro sorrise. – Io so bene quel che mi dico. Da quando son qua sotto, ho già visto un garibaldino andare al muro e due badogliani uscire grazie a un cambio che gli hanno combinato i preti della curia.

– Di' quel che ti pare. Ma se ci troveremo tutt'e due al muro, allora ti dirò io due parole –. Era molto irritato, ma poi tremò ripensando al modo naturale con cui aveva potuto parlare del muro. L'altro taceva, guardava in terra, ma non pareva proprio mortificato.

Max guardò la botola e chiese dove dava.

– Dà nel cortile.

– Dove ci troviamo?

– Nelle cantine del Seminario Minore. Ma adesso non farmi piú domande, – e andò in un angolo dove si accucciò sulla paglia.

– Perché? – disse Max facendo un passo verso lui. – Hai paura che io sia una spia, che m'abbiano chiuso qui dentro per farti cantare?

Scosse la testa. – Lo vedo bene che sei un disgraziato come me. Ma non ho piú voglia di parlare. Prima speravo che mi dessero una compagnia in questa cella, e adesso che me l'han data... Per me è un male che t'abbiano messo con me. Mi accorgo adesso che mi toccherà cambiare quasi tutte le abitudini che mi son fatte.

Max andò a sedersi sulla paglia nell'angolo opposto e tra loro due passò un lungo silenzio. Per via del buio non era sicuro che l'altro lo guardasse, ma lui fissava l'altro e questo gli impediva di pensare soltanto a se stesso. Lo fissava e si diceva: «Sento che ci fucileranno insieme, lo sento. Chissà se sente anche lui la stessa cosa». Ma gli mancò il coraggio di domandarglielo.

Fu l'altro a riattaccar discorso. Prima si dimenò un poco come a vincere una resistenza e poi disse: – È il maggiore che ti ha interrogato? E te l'ha poi detto per quando?

– Non me l'ha detto di preciso. Ascolta che discorso m'ha fatto. M'ha detto che stasera lui gioca a poker coi suoi ufficiali e se perde non mi lascia vivere fino a domani a mezzogiorno.

– Quel discorso lí l'ha fatto anche a me, sembra che lo faccia a tutti.

– Ma allora lo dice per scherzo.

– No, non lo dice per scherzo. È una specie di libidine che ha il maggiore. Ma non lo dice per scherzo. Lo disse anche a Fulmine, quel garibaldino che te n'ho parlato prima, venne giú personalmente una sera a dirglielo in cella e l'indomani Fulmine lo portarono fuori al cimitero.

A Max cadde la testa sul petto. Poi pensò che l'altro lo osservava, rialzò la testa e domandò: – Ne dànno da mangiare?

– Come mangiano loro.

– E uscire?

– Niente uscire, nemmeno un minuto al giorno.

– Cosí è dura!

– Mica vero. A me non uscire non mi fa gia piú nessun effetto. Pensaci un po', cosa vuoi che me ne faccia di vedere un pezzo di mondo se tanto non posso vederlo come vorrei io?

Si drizzò e andò in un angolo. Dopo un momento Max sentí rumore d'acqua che cade dall'alto in una latta. Il getto gli parve estremamente fragoroso. Poi l'altro si scrollò, tornò al suo posto senza nemmeno riabbottonarsi la brachetta. Si rimise giú sulla paglia e disse: – Eh, in questo stato la vita dovrebbe scaderti dal cuore, dovrebbe farti venir voglia di darle un calcio in culo e... Ma la voglia di vivere invece non ti va mica via.

A Max si misero a tremare i ginocchi, presto sbatterono l'un contro l'altro, con un suono secco, legnoso. Dapprima ficcò le mani tra i ginocchi per tenerli discosti, poi saltò via dalla paglia. Camminava su e giú.

Dal suo angolo l'altro lo studiava. – Cos'hai? Freddo? Paura?

– Freddo. Tutt'e due. Ma per adesso piú freddo che paura –. Mentí, perché gli sembrava che l'altro non ne avesse di paura.

– Se cominci ad aver freddo adesso, chissà stanotte. Voglio sperare che stanotte mi lasci dormire.

Max fece dietrofront. – Tu la notte dormi, qui dentro?

– Sicuro che dormo. Capirai che se anche devo essere fucilato ma la fucilazione si fa aspettare otto giorni, capirai che non posso sempre star sveglio. Sono otto giorni che sono qua dentro. Soltanto la prima notte sono stato sveglio un bel po'. Ma adesso mi addormento facilmente. Torna a sederti, va'!

Max tornò a sedersi e dopo un po' gli domandò come si chiamava.

– Mi chiamo Lancia. Nome di battaglia, si capisce.

– Io Max. E quanti anni hai?

Lancia gli rispose che andava per i venti e Max non se ne capacitava perché la faccia che Lancia gli aveva presentata sotto la botola era quella d'un uomo d'almeno trent'anni. Ma poi pensò che Lancia era stato picchiato, che era da otto giorni in quel sotterraneo, senza lavarsi né radersi, e che soprattutto era uno che nel migliore dei casi gli restava qualche decina d'ore da vivere, e credette ai vent'anni di Lancia.

Sentí lontana la voce di Lancia, gli domandava i suoi anni.

– Tanti come te.

Lancia disse solamente: – Facciamo una bella coppia, – e sembrò a Max che la voce gli avesse fatto cilecca per la prima volta.

Per il corridoio venivano uomini. Max puntò le mani sulla paglia, ma Lancia gli disse: – Non t'impressionare. Sono solo quelli che portano la sbobba.

Andarono insieme alla porta. Da fuori aprirono e un uomo accompagnato da una guardia sporse dentro due gavette e due pagnotte. A Lancia diedero subito la sua parte, ma Max lo fecero aspettare tenendo indietro la sua roba, per aver modo di guardarlo bene in faccia, perché Max era una novità.

Lancia l'aveva aspettato e tornarono insieme ai loro angoli con le gavette calde strette forte tra le mani.

Lancia sorrise. – Ti rincresce persino vuotare la gavetta, perché fin che c'è la roba dentro ti scalda le mani tanto bene. Ma il calore è meglio averlo nello stomaco. Il guaio è che dura poco.

Fin dai primi bocconi Max si sentí fortificato. Ma il cibo gli si incagliò in gola quando alzando a caso gli occhi vide l'ultimo chiarore ritirarsi su per la botola come se una qualche forza l'aspirasse da sopra. Era naturale che a quell'ora la luce venisse meno, stava cadendo la sera d'inverno. «Non è naturale! – gridò Max dentro di sé, – non è naturale!»

Stentò a finire la buona minestra della repubblica. Posò la gavetta a terra tra i piedi e stette a fissarla con la testa tra le mani. Pensava che aveva finito di mangiare, finito di fare una cosa che forse non avrebbe piú potuto rifare. Rialzò furiosamente la testa e guardò Lancia. Aveva finito anche lui di mangiare e stava posando la gavetta con un gesto lentissimo.

– Senti, Lancia. Senti, io ho tanti buoni amici e compagni su in collina. Mi fido soprattutto di uno che si chiama Luis. A quest'ora sanno di sicuro che sono stato preso e portato prigioniero ad Alba, e si saranno mossi per fare qualcosa per me. È impossibile che non facciano niente.

Lancia tardava a rispondergli e Max non discerneva piú la sua faccia. Poi Lancia disse: – Pensala come ti pare.

Max annaspò per lo stupore e poi disse violento: – Ma in che maniera mi rispondi?

– Se io ti dico come la penso io, tu mi salteresti addosso lo stesso. Be', te lo dico. Non aspettarti niente da fuori, non farti nessuna illusione su fuori. Anch'io avevo su in collina degli amici e dei compagni, ma in otto giorni non hanno fatto niente. Può darsi che pensino a noi, ma sai, come la gente sana pensa ai tisici. D'altronde io mi ricordo che ero anch'io cosí, quand'ero libero e sentivo che la repubblica aveva preso il tale partigiano, ci pensavo su un momento e poi tiravo avanti e non ne facevo niente. È cosí, va bene fin che capita agli altri. Ma stavolta è capitato a noi. E sai cosa voglio ancora dirti? Ci gioco che i nostri parlando di noi dicono che siamo stati dei fessi a farci prendere.

– Sono tanti vigliacchi! Io sono stato preso a tradimento! Non mi son fatto prendere come un fesso! La nebbia come ha tradito me poteva tradire chiunque! – Odiava i suoi amici e compagni, li vedeva in quella notte girare per le alte colline liberi e padroni della loro vita, armati tranquilli e superbi, vedeva le colline illuminate come a giorno per via del lume della luna sulla neve gelata, sentiva il vento arrivare dal mare passando per il grande varco tra gli Appennini e le Alpi. Si percosse la fronte coi pugni e gridava: – La libertà, la libertà, la libertà!

Lancia si era rizzato sui ginocchi e trascinato fin da lui. Gli aveva attanagliato un braccio ed ora lo scrollava. – Non fare il matto, non alzar la voce! – Il suo tono era bassissimo e spaventato, l'orecchio teso alla porta. – Ti fai sentire dalla guardia. Viene alla porta e si mette a prenderci in giro con la tua libertà. Sono tremendi per prendere in giro.

Poi tornò ginocchioni alla sua paglia. – Stai calmo, e fai come faccio io adesso. Allungati e dormi.

– Tu sei pazzo!

– Sei tu pazzo.

– Io voglio restar sveglio. Dovessi tenermi gli occhi aperti con le dita.

Sentí la paglia gemere sotto il corpo di Lancia. – Aspetta un momento, Lancia, dimmi una cosa. Non c'è pericolo che entrino qua dentro al buio e che ci facciano fuori con la pistola?

– Qui no, se è per quello. Qui fanno le cose in regola. Ti portano fuori col plotone –. Lancia doveva aver proprio sonno, già la sua voce s'era ispessita.

– Te l'ho chiesto perché a un mio amico in prigione han fatto fare quella fine lí.

– Qui no, – e Lancia calò la testa sul braccio.

Lui si rannicchiò nel suo angolo. Ora che Lancia dormiva, lui rimaneva solo con se stesso, avrebbe pensato soltanto a se stesso. Era necessario, forse era già persino un po' tardi, ma pensare a se stesso l'atterriva, non raccoglieva la forza di cominciare. Cosí stette attento al respiro di Lancia ed ai moti del suo corpo.

Il buio non aveva ancora scancellato quella forma rattrappita. Lancia per terra l'affascinava. Immaginò di avvicinarglisi, giaceva sulla faccia, lui l'aveva preso per le spalle e adesso lo rivoltava, Lancia si lasciava fare con la greve docilità dei cadaveri. Ma rigirato che l'ebbe, vide innestata sul corpo di Lancia la sua testa, la sua faccia, in tutto e per tutto la sua. Era la faccia del suo cadavere, cogli occhi sigillati, la bocca schiusa e la gola ferma.

«Questa è soltanto la fine, non è ad essa che debbo pensare. Il difficile è arrivare alla fine, è su questo punto che mi debbo preparare».

Venivano, gli comandavano d'alzarsi e camminare, sulla porta lui si voltava a vedere se Lancia lo seguiva. Sí, veniva anche Lancia.

«Ci porteranno a un muro qualunque e a un certo punto toccheremo questo muro con la schiena. No, ci faranno mettere con la faccia al muro, vorranno fucilarci nella schiena, noi per loro siamo traditori. Non deve fare nessuna differenza, tanto anche se ci mettessero di fronte non ce la faremmo a tenere gli occhi aperti fino alla fine...» e in quel momento pensò la scarica, e atrocemente indurí il petto per non lasciarle il passo dentro il suo corpo. Ma si sentí come gli prendessero il cuore ed i polmoni a sforbiciate.

Saltò via dalla paglia, d'impeto arrivò da Lancia, frenò la gamba in tempo per non dargli un calcio in un fianco. Ne colse il respiro, corto e frequente. Lo guardò, cosí in basso come se già posasse in fondo a una fossa. Come lui ora guardava Lancia, i suoi esecutori avrebbero guardato lui, dopo.

Pensò di svegliarlo, premendogli una mano sulla spalla e con pronte in bocca le parole per rassicurarlo non appena aprisse gli occhi. Ma Lancia si sarebbe spaventato e poi si sarebbe infuriato. Il pensiero della collera di Lancia lo fermò. Aggirando il corpo di Lancia andò nell'angolo della latta. Ci orinò dentro con violenza, cercando di fare piú rumore possibile. Cosí forse Lancia si sarebbe svegliato e non avrebbe potuto dirgli tanto. Ma quello respirò un po' piú forte e si girò semplicemente sull'altro fianco.

Non si riabbottonò la brachetta e scavalcò Lancia. Tornando affondò le mani nelle tasche dei calzoni e si sentí sotto i polpastrelli, tra il pelo della stoffa, grani di pane e fili di tabacco. Il pane che aveva mangiato e il tabacco fumato in un tempo imprecisato, qualunque, del quale poteva soltanto dire che allora era libero. Gli partí un singhiozzo, tale che poteva aver varcato la porta ed esser giunto all'orecchio della guardia. Difatti sentí muovere nel corridoio, passi di chi viene a sorprendere in flagrante, fatti accuratamente sulla punta del piede. Ma poi la guardia dovette cambiare idea, si riallontanava con passi non piú segreti, fatti su tutto il piede.

Tornato al suo angolo, guardò su alla botola. «È buio, ma non dev'essere molto tardi. Saranno le otto. A quest'ora già abbiamo mangiato, già dovrei dormire come fa Lancia. Piú niente dipende da noi. Per noi il giorno e la notte ce li fa il maggiore, ci fa lui la vita e la morte. È spaventoso che degli uomini abbiano una simile potenza, una simile potenza dovrebbe essere soltanto di Dio. Ma Dio non c'è, bisogna proprio dire che non c'è. Chissà se il maggiore s'è già messo a giocare».

Fece con gli occhi il giro dei quattro muri. «Non riesco a spiegarmi come son finito qua dentro. So perfettamente come mi è andata, dal principio alla fine, ma non riesco a

spiegarmelo. Mi sembra tutto un vigliacco gioco di prestigio. Il terribile è che non ci sarà nessun gioco di prestigio
per tirarmi fuori».

Rivide sua madre, ferma nel mezzo della cucina in una
tregua del suo lavoro, con negli occhi uno sguardo lontano
che lui non le conosceva, e cantava come gemendo la sua
solita, unica canzone:

> La vita è breve, la morte viene,
> Beati quelli che si fan del bene.

Sua madre ne avrebbe sofferto, tanto, e nel suo dolore
ci sarebbe stata sempre una vena d'orrore per la fine che
gli avevano fatto fare. Lui lo capiva, ma non poteva sentir
pietà di lei, aveva bisogno di tutta la sua pietà per se stesso.

Rivide il fidanzato di Mabí, che era stata anche la sua
fidanzata, al tempo in cui lei non prendeva niente sul serio. Lui Mabí ce l'aveva sempre avuta nel sangue, aveva
sempre creduto con vera fede che il corpo di Mabí era il
suo tra i milioni di corpi di ragazze che ballano sulla faccia
della terra. Ora rivedeva il fidanzato di Mabí e provava per
lui un'invidia travolgente, ma solo perché lui non doveva
esser fucilato, lui sarebbe vissuto e per l'enorme numero
di anni che compongono la vita normale d'un uomo avrebbe potuto fare un'infinità di cose delle quali il possedere
Mabí era assolutamente la piú trascurabile.

«Luis lui è libero, deve ricordarsi di me, deve far qualcosa per me. Sono stato io che l'ho tirato via dalla strada di Valdivilla dov'era caduto per quella palla nel ginocchio. Se non era per me, lui non si sarebbe piú mosso e la
repubblica gli arrivava sopra e lo finiva. A buon rendere.
Ricordatene, Luis, per carità!»

Senza sapere come e in quanto tempo gli fosse venuto
fatto, si trovò lungo disteso sulla paglia, il suo corpo premeva sul pavimento tanto pesantemente che questo gli sem-

brava cedesse e si avvallasse. Ci stava abbastanza comodo, almeno per quei primi momenti, ma stentava sempre piú a risollevare le palpebre. «Ti ricordi tuo cugino? Come piangeva quella sera, per la paura d'addormentarsi, dopo che gli avevano dato l'olio santo? Tu adesso sei come lui. E non sei tisico com'era lui, ma ti sei fatto prendere dalla repubblica e la repubblica t'ha condannato a morte. Ti fucileranno domani. Sei nato vent'anni fa apposta per questo».

Fuori nel corridoio c'erano passi e confabulare, cambiavano la guardia. Lui avvertiva i rumori, ma talmente lontani che non bastavano piú a scuoterlo.

La nuova guardia si affacciò allo spioncino e si disse che quei due, se non fingevano, dormivano.

La mattina Max fu svegliato di strappo da un pesante passo di truppa. Tutto gli fu subito presente come se tra la sera avanti e stamane non fosse passato che un battito di palpebre, come aprí gli occhi saltò in piedi e corse sotto la botola da dove scendeva il trac-trac dei soldati insieme con la luce acquosa del primo mattino.

Guardò Lancia. Aveva anche lui gli occhi aperti e fissi alla botola. Lancia gli disse: – Non t'impressionare. Escono a rastrellare la campagna.

Era infatti la cadenza legata e pestante della colonna che si è appena mossa e non s'è ancora intervallata a dovere.

Lancia gli era venuto accanto. – Speriamo che i nostri non gli facciano un'imboscata o li impegnino in combattimento. Perché se gli fanno dei morti, quelli che tornano si vendicano su di noi.

Quando il rumore della marcia passò via, Lancia si spostò in metà della cella e fece là un po' di ginnastica. Alzava nella luce del giorno la sua faccia pesta, gialla dove non era violacea, particolarmente sformata attorno agli occhi. Ma ora la faccia di Lancia non faceva a Max piú nessun effetto.

Poi Lancia prese ad andare su e giú, e finí col metter-
cisi anche Max. Ma Lancia si fermò presto, per soffiarsi il
naso. Siccome non aveva fazzoletto, si strinse il naso tra
pollice e indice e soffiò forte torcendosi da una parte. Poi
era tornato a rincantucciarsi al suo solito posto, come se
quel poco moto fosse stato abbastanza per il suo corpo.

Max seguitò su e giú un altro po', finché si fermò per
domandare: – Che si fa la mattina qua dentro? – Si sentí
la voce grossa, catarrosa, e tutta la pelle come a contatto
d'un vestito fradicio.

– Niente, – rispose Lancia, – lo stesso che di notte.

Dopo un lungo silenzio Max andò da Lancia e si chinò sui
ginocchi davanti a lui. Si schiarí la gola e gli disse: – Senti,
Lancia. Se ci mettono al muro insieme, facciamoci forza
tra di noi. Facciamo un piano fin d'adesso.

Ma Lancia scuoteva già la testa quando Max doveva
ancora finire di parlare. Sempre scuotendo la testa disse: – Non prendo nessun impegno, perché non posso prenderne. Neanche tu puoi prenderne con me, se ci pensi. Se
mi mettono al muro, per me non ha nessuna importanza
che mi ci mettano solo o con te. E poi non ho nessuna
idea di come mi comporterò. Avrò una paura nera, questo è certo, ma non so proprio che razza di cose mi farà
fare questa paura.

Max non disse piú niente, si rialzò e andò alla porta.
Là serrò le dita attorno a una sbarra dello spioncino e cosí
stette finché si sentí le dita abbruciacchiate dalla ruggine.

Tornò e si sedette nel suo angolo in faccia a Lancia.

Parlò. – Se me la cavo, se il maggiore ritira l'ordine della
mia fucilazione e mi libera… – Lancia fece con le labbra un
verso d'irrisione, ma questo non lo fermò, – …esco e non
m'intrigherò mai piú di niente. Di niente. Nei partigiani
non ci torno, tiro una croce sulla guerra e sulla politica. E

se qualcuno verrà a dirmi che sono un vigliacco, io non gli
risponderò a parole, ma gli riderò soltanto sul muso. Nei
partigiani non ci torno. Tanto non avrò piú ragione di fare
il partigiano perché, se mi lascia andare, io la repubblica
non la odierò piú. Me ne dimenticherò. Penserò soltanto
che a un certo punto della guerra m'è capitata una cosa
tanto tremenda che non è possibile che siano stati degli
uomini a farmela. Mi ricorderò fin che campo della cosa,
ma mi dimenticherò subito degli uomini. Purché me la ca-
vi, faccio voto di solo guardare e non toccare nella vita,
sono pronto a fare il pitocco tutta la vita, lavorerò a raccogliere lo sterco delle bestie nelle strade. E se cosí la vita
mi sembrerà dura, farò presto a rinfrescarmi la memoria,
e dopo mi metterò a sorridere.

Guardava in terra ma si sentiva puntati addosso gli occhi di Lancia.

– Non contiamoci balle, Lancia, che è peccato mortale
contarcene al punto che siamo. Sei convinto che noi siamo
stati fatti fessi e che non possiamo piú farci furbi perché
ci pigliano la pelle? Tu te la senti di morire per l'idea? Io
no. E poi che idea? Se ti cerchi dentro, tu te la trovi l'i-
dea? Io no. E nemmeno tu.

Lancia lo fissava, ma i suoi occhi semiaffogati non gli
lasciavano capir niente. Max si sentí una vampa sulla faccia
e un furore dentro. Era tutto teso, se Lancia faceva tanto
di accennare a negare, lui gli si sarebbe buttato addosso
e l'avrebbe preso per la gola urlando: – Porco bugiardo e
vigliacco che non vuoi dire che io dico la verità!

Ma Lancia disse con voce controllata: – Sfogati fin che
vuoi, ma parla piano che la guardia non ti senta. Non mi
piace che si affaccino allo spioncino.

Max sgonfiò il petto e poi riprese a parlare calmo.

– Io non ho mai ucciso. Ho visto uccidere, questo sí.

La prima volta che ho visto i miei compagni fucilare un fascista, quando è caduto, io mi son messe le mani sulla testa perché mi sembrava che il cielo dovesse crollarci addosso. Soltanto la prima volta m'ha fatto quell'effetto, ma anche in seguito veder fucilare è una cosa che m'ha sempre indisposto, che mi ha sempre fatto venire delle crisi. Una volta ho preso un repubblicano, io da solo. Gli sono arrivato dietro e gli ho puntato la pistola nella schiena. A momenti sveniva per lo spavento, ho dovuto prenderlo per la collottola per tenerlo dritto. Ti giuro che ho sentito pietà, e sono stato a un pelo dal buttar via la pistola e mettermi a confortarlo. Lui piangeva e avevo voglia di piangere anch'io. Poi l'ho portato su al comando, l'ho consegnato e mi son fatto promettere che quello non l'uccidevano. Mi hanno promesso tutto quello che volevo, m'hanno lasciato voltar le spalle e l'hanno fucilato. Ti dico queste cose perché voglio farti capire come mi sento io. Quando ho vinto non ho intascato la posta, e adesso che ho perduto devo pagarla per intiero. Ma mi sembra di pagare per degli altri.

– E le hai dette queste cose al maggiore quando t'ha interrogato?

– No.

– Tanto non ti avrebbe creduto.

Sentirono su in cortile un vociare e correre d'uomini e Lancia disse subito: – Sono quelli a riposo che giocano al foot-ball per scaldarsi.

Max si alzò e andò come incantato sotto la botola. Sentiva gridare: – Passa, tira, dài una volta anche a me! – da voci calde e liete, di ragazzi, le fughe e gli arresti sul terreno invetriato, schioccar di dita, i botti del pallone ed il suo corto fruscio per l'aria. Di quando in quando il pallone veniva a stamparsi sul muro sopra la cantina ed ogni volta Max torceva istintivamente la testa come ad evitare uno schiaffo.

Per tutto il tempo che in cortile giocarono, i due nella cella non fecero parola. Smisero dopo un'ora buona, il mattino era alto ma la luce rimaneva acerba.

La porta si aprí e comparve un sergente. Fece due passi dentro mentre dietro di lui una guardia riempiva il vano della porta. Il sergente nascondeva una mano dietro la schiena e fissava Lancia. Lo stesso la guardia, e Max pensò che era strano, che Lancia già dovevano conoscerlo bene e che era piú logico prendessero interesse a lui che era nuovo.

Il sergente portò avanti quella mano, stringeva un paio di pantofole. Le buttò sulla paglia accanto a Lancia dicendogli: – Cambiati le scarpe.

Lancia guardò il sergente da sotto in su, senza toccar le pantofole.

– Cambiatele, ho detto.

Lancia abbassò gli occhi e le mani sulle scarpe e incominciò a slacciarsele. Max gli vedeva le dita tremare attorno ai legacci mentre ciocche di capelli gli si rovesciavano sulla fronte. Lancia sospendeva d'allentar le stringhe e con tutt'e due le mani si rimandava indietro i capelli.

– Piú presto, – diceva il sergente.

Max tremava e pensava che non capiva, che le sue scarpe erano molto piú buone di quelle di Lancia.

Finalmente il sergente ricevette le scarpe da Lancia e uscí con esse. Nel vano della porta rimase la sentinella. Max guardò Lancia, ma questi teneva la testa china, fisso a guardar le punte delle pantofole che s'era dovuto infilare. Allora Max guardò la sentinella, stava rivolto a un'estremità del corridoio. Poi da laggiú dovette arrivargli un segnale perché lui rispose con un gesto d'intesa. Guardò dentro e fece segno d'uscire, a tutt'e due.

Percorso il corridoio tra due nuove guardie, risalirono le

scale che Max aveva discese la sera avanti. Pensò che non si poteva, non si doveva salire piú oltre in quel silenzio, con quella rassegnazione, che bisognava fare o dire qualcosa, per rompere. A metà dell'ultima scala, si voltò alla sua guardia e disse rauco: – Si può avere un po' d'acqua? Là sotto mi sono raffreddato e ho la gola che chiama acqua.

Ma la guardia inarcò le sopracciglia come per furore e gli gridò sulla bocca: – Non comunicare!

Riuscirono nell'androne e vi allungarono lo sguardo. Davanti alla porta del maggiore, con l'elmo in testa e il fucile a bracciarm, stavano otto soldati su una fila.

Le due guardie li fecero marciare e arrivarono davanti a quegli otto soldati. Il primo di questi li prese in consegna e le due guardie ripartirono.

Max e Lancia fissavano i soldati e Max si diceva: «Scommetto che sono di quelli che un'ora fa giocavano a football».

I soldati fissavano i due prigionieri, le facce impenetrabili, solo sbattevano troppo sovente le palpebre, forse per il fastidio dell'elmetto calcato sulla fronte.

Lancia prese a pestare i piedi, la suola di quelle pantofole era troppo sottile e il pavimento gelato. E Max si sentiva crescere dentro una specie di disturbo intestinale, si sarebbe premute le due mani sul ventre, ma non sapeva farlo sotto quei sedici occhi puntati.

La porta del comando era semiaperta, Max guardando di sbieco vide uno spigolo della scrivania del maggiore. Ciò che poteva vedere interamente era un uomo inclinato verso quella scrivania, un uomo alto e ossuto, vestito in borghese con un impermeabile chiaro e un cappello verde. Ma era lampante che quello non era il suo vestire solito, Max si spaventò e s'indignò come davanti a una sporca frode vittoriosa.

Poi l'uomo si drizzò, uní i tacchi senza batterli e si dispose a uscire. Mentre si chiudeva l'impermeabile, Max vide pendergli da una spalla sopra la giacca un mitra col calcio mozzato.

– Ce lo farà lui, con quello.

L'uomo uscí, sorpassando i due li guardò con occhi grigi e andò a fermarsi nel mezzo dell'androne con le spalle rivolte a loro. Il busto eretto e i tacchi accostati, la sua figura era inequivocabilmente militare. Guardò indietro se il drappello s'era formato e partí avanti.

Non ripercorsero tutto l'androne, tagliarono verso la porta d'un'arcata vetrata che dava nel cortile. La porta era bloccata dal gelo, ci vollero due soldati e tirare forte per disincastrarla.

Scesero nel cortile bianco e deserto, il terreno cricchiava acutamente sotto i loro piedi.

– Non facciamo molta strada, – disse Max e subito dopo trasalí, perché credeva d'averlo solo pensato. Ma i soldati non gli dissero né fecero niente, quel borghese nemmeno si voltò. Lancia ciondolava la testa, pareva desse ragione alle parole di Max, ma forse quel movimento della testa era semplicemente effetto della cadenza.

Erano nel bel mezzo del cortile. Lancia da una parte e Max dall'altra guardavano trascorrere i muri e spesso i loro sguardi s'incrociavano. Ma non li fecero deviare verso nessun muro, si lasciarono dietro tutti i muri, e arrivarono alla porta carraia. Un soldato corse avanti ad aprirla.

– Ci portano fuori. Sono furbi. Dev'essere mezzogiorno e la gente è ritirata a mangiare e cosí non può essere testimone dei loro assassinamenti. Ci portano al cimitero. So dov'è, è abbastanza lontano, ma ci arriveremo. Vorrei poter camminare per tutta l'eternità.

Usciti dalla porta carraia, raddoppiarono il passo. Erano

entrati in una strada secondaria, dritta e deserta in tutta
la sua lunghezza.

– È cosí, fanno le cose di nascosto dalla gente. Ma adesso
io mi metto a urlare, mi faccio sentire. Tanto sono morto.

Alle loro spalle i soldati scoppiarono a cantare:

San Marco, San Marco,
Cosa importa se si muore...

Per lo stupore Max si fermò, girò la testa e vide ser-
rarglisi addosso i soldati, con gli occhi arrovesciati, le facce congestionate dallo sforzo di cantare e marciare insieme con quella intensità, sentí dalle loro bocche spalancate
le note arrivargli nelle orecchie come pietre da una fionda.
San Marco, San Marco!

Si rigirò, ma non fece in tempo a distanziarsi, i soldati della prima fila lo presero a ginocchiate e lo cacciarono
avanti cosí. Dovette correre per appaiarsi a Lancia, che
correva anche lui, con le pantofole che gli scappavano dai
piedi, le braccia tese come se volesse acchiappare i talloni
del borghese che tirava via sempre piú rapido.

Max alzò gli occhi alle rade finestre di quella via: non
una che si aprisse, nessuna tendina che si scostasse, nemmeno un'ombra guizzava dietro i vetri.

Passarono in un'altra strada e i soldati cantavano sempre, i loro fiati violenti sollevavano a Max e a Lancia i capelli sulla nuca.

Lancia scivolò, sbandò e cascò, i soldati a calci lo rimisero in piedi e in carreggiata. Cantavano ancora, ma non
riuscivano piú ad articolare le parole della loro canzone,
stridevano solo piú come uccellacci. Ma anche questa strada rimaneva deserta e le sue molte finestre sembravano
sigillate.

– Gente di Alba! Gente di Alba, non puoi non sentire!
Affacciati a vedere, non ti chiediamo di salvarci, vieni

soltanto a vederci! – Max urlava, ma la sua voce annegava nel canto dei soldati. Guardò Lancia, si trascinava con una mano premuta sulla milza e la sua bocca era spalancata come a lasciare uscir grida che Max non intendeva.

Presso una piazza il borghese levò in alto una mano e i soldati cessarono di cantare e moderarono il passo.

In quella piazza c'era un gruppo di spalatori che avevano fatto mezzogiorno e stavano allontanandosi dalle loro pale piantate nei mucchi di neve. Li videro venire, riandarono ai mucchi, sconficcarono le pale e si rimisero a lavorare. Il drappello passò in rivista una fila di schiene curve.

Finita la piazza e attraversato un passaggio a livello, entrarono nella strada del cimitero.

Max guardava in terra la carreggiata della vettura dei morti, poi rialzò gli occhi e vide a sinistra rotondeggiare in lungo il tubo dell'acquedotto. Sapeva che correva parallelo alla strada fino al cimitero per proseguire poi da solo nell'aperta campagna. A destra vide prati sepolti da neve stendersi fino ai primi argini del fiume.

«Io parto. Mi butto verso il fiume. Sarò nella neve come una mosca nel miele, mi ammazzano infallantemente, ma io parto lo stesso. Cosí è piú facile, non c'è preparazione».

Cosí pensò Max, ma non poteva, non poteva fare un passo fuori della cadenza del drappello.

Una svolta e si profilò il cimitero.

Max guardò il bianco quadrato, poi frugò cogli occhi la nuda campagna e gridò dentro di sé: «Dove siete, o partigiani? Cosa fate, partigiani? Saltate fuori dal vostro nascondiglio! Saltate fuori e sparate! Fateci tutti a pezzi!»

Nessuno venne in vista, solo una vecchia, lontano, oltre il cimitero, saliva un sentiero sul fianco dell'acquedotto, tirandosi dietro una capra.

Si fermarono al primo angolo del cimitero. Max alzò una mano e disse: – Prima lasciatemi orinare, – ma due soldati per ciascuno li spinsero di corsa con la faccia al muro.

Max allargò un gomito a toccar Lancia, ma non ci arrivava, vide soltanto con la coda dell'occhio la nebbietta che faceva nell'aria l'ultimo fiato di Lancia.

Si concentrò a fissare un segno rosso nel muro, una scrostatura che denudava il mattone rosso vivo tra il grigio vecchio e sporco dell'intonaco. Decise di fissare quel segno rosso fino alla fine.

Dietro c'era assoluto silenzio. Le ginocchia gli si sciolsero, ma il segno rosso rimaneva all'altezza dei suoi occhi.

Sentí il rumore della fine del mondo e tutti i capelli gli si rizzarono in testa. Qualcosa al suo fianco si torse e andò giú morbidamente. Lui era in piedi, e la sua schiena era certamente intatta, l'orina gli irrorava le cosce, calda tanto da farlo quasi uscir di sentimento. Ma non svenne e sospirò: – Avanti!

Non seppe quanto aspettò, poi riaprí gli occhi e guardò basso da una parte. Rivoletti di sangue correvano diramandosi verso le sue scarpe, ma prima d'arrivarci si rapprendevano sul terreno gelato. Risalí adagio il corso di quel sangue ed alla fine vide Lancia a terra, preciso come l'aveva visto dormire la notte in cella. Vide la mascella di Lancia muoversi un'ultima volta, come la mascella di chi mastica nel sonno, ma doveva essere un abbaglio della sua vista folle.

Si voltò. I soldati alzarono gli occhi da Lancia per posarli su lui. Lo stesso fece il borghese, che stava tutto solo da una parte, finiva di riabbottonarsi l'impermeabile e l'arma non era piú visibile tra le sue mani.

A una voce del borghese i soldati si riscossero, vennero a prenderlo per le braccia e se lo misero in mezzo. Ri-

partivano, si lasciarono alle spalle quel muro, s'indirizza-
vano alla città.

I soldati avevano preso un tranquillo passo di strada e
giravano spesso gli occhi verso la faccia di Max.

Lui cercò con lo sguardo il borghese: era rimasto indietro per accendersi una sigaretta, ora li raggiungeva tirando
le prime boccate.

Tra il fumo lo fissò con gli occhi grigi e gli disse: – Questo ti serva di lezione per quando sarai di nuovo libero.
T'hanno fatto il cambio, fin da ieri sera è arrivato un prete dalle colline a proporcelo. Il cambio si farà nel pomeriggio, a Madonna degli Angeli. Ma questo ti serva di lezione.
Era troppo comodo per te farti prendere e tornar libero in
ventiquattr'ore senza passare niente. E raccontala pure, a
me non importa proprio niente che tu la racconti.

Max non rispose. Andando guardava l'erba spuntare
gialla tra la neve sul fianco dell'acquedotto.

Ettore va al lavoro

Sulla tavola della cucina c'era una bottiglietta di linimento che suo padre si dava ogni sera tornando su dalla bottega, un piatto sporco d'olio, la scodella del sale... Ettore passò a guardare sua madre.

Stava a cucinare al gas, lui le guardò per un po' i fianchi sformati, i piedi piatti, quando si chinava la sottana le si sollevava dietro mostrando i grossi elastici subito sopra il ginocchio.

Ettore l'amava.

Ettore finí di fumare e gettò il mozzicone mirando il mucchietto di segatura in terra vicino alla stufa. Ma cadde prima, accanto a un piede della madre. Lei si inclinò a guardarlo e poi si raddrizzò davanti al gas.

– Cos'hai guardato? – domandò lui con una voce pericolosa.

– Non sapevo che cosa m'era caduto vicino –. Lei aveva parlato da indifferente.

– Io la conosco bene quella tua maniera di guardare. Spegnilo! – urlò.

La donna fissò il figlio tendendo la pelle della fronte, poi abbassò gli occhi e calcò il piede sul mozzicone. – Spento, – disse, e poi: – Ti fa male fumare tanto.

Ettore urlò: – Sei una giudea! Non è alla mia salute che pensi, è ai tuoi soldi. Io posso diventare tisico per il fumare e a te non te ne fa niente, ma sono i soldi che costano le sigarette... Sei una giudea!

Lei chinò la testa e non disse piú niente, solo sospirò in un modo che le portò avanti tutto il petto.

Adesso lui aspettava che lei parlasse, ma lei stava zitta, lui col labbro inferiore tutto sporto stava a guardarla pelare una patata con un'attenzione innaturale, s'infuriò dentro, gli pareva che vincesse lei stando zitta.

Si alzò da seduto e si mise ad andare su e giú per la cucina. Tutte le volte che le arrivava alle spalle, si fermava, con una fortissima voglia di provocarla, di urtarla nella schiena. Non lo fece, ma l'ultima volta che le si fermò dietro, le stese contro un braccio e le disse: – Lasciami vivere, sai.

– Io non ti ho detto niente. Che cosa ti ho detto?

Ettore tornò. – È quello che hai nella testa che... Cosa ti viene nella testa tutte le volte che mi vedi accendere una sigaretta? Ti viene voglia di battermi con un martello, io lo so! Per te può fumare solo chi il tabacco se lo guadagna.

– Mai detto questo.

– Ma lo pensi. Di' che lo pensi! – Le andò addosso con le mani alte. – Confessa che lo pensi! – gridò.

Sua madre lasciò cadere la patata e gli si rivolse col coltello in mano: – Stai indietro.

Lui si fermò e lei disse: – Stai dove sei. Tanto non mi spaventi piú, è passato il tempo che mi spaventavi.

Ettore rise. – Basta che io ti alzi un dito sotto il mento per spaventarti. Attenta che lo alzo.

Lei lo scartò con uno scatto giovanile, gli sfuggí passando tra lui e la stufa e corse alla porta gridando: – Carlo! Carlo! – Ma lui la raggiunse, le passò avanti, le sbarrò col corpo la porta. Poi col petto gonfio e il movimento delle spalle la respinse verso il gas. – È inutile, stavolta non ci arrivi a farti sentire, a contar le tue storie a mio padre e a mettergli voglia di picchiarmi e di maledirmi –. Ripeté la voce stridula con cui lei aveva chiamato il marito. – È inutile, adesso prima ci spieghiamo io e te, ce la vediamo tra noi due soli, da madre a figlio, – e rise.

La madre aveva ripreso in mano la patata da finir di pelare.

– Allora, che cos'hai contro di me?

– Non ho niente.

– Bugiarda! Che cos'hai contro di me?

– Io sono tua madre. Non posso aver niente contro di te –. Si era girata e faceva un gesto da avvocato, tendeva le mani con le palme all'insú, a dimostrare.

Ettore scrollò furiosamente la testa e a occhi chiusi urlò: – Cos'hai contro di meee?

– Ho che non lavori! – gridò lei e si rannicchiò nell'angolo del gas.

Ma lui stette fermo nel mezzo della cucina, solo accennò con la testa e fece un lungo – Ah.

– Ho che hai ventidue anni e non lavori, – disse lei.

– Cosí ce l'hai con me perché non lavoro e non ti porto a casa un po' di sporchi soldi. Non guadagno, ma mangio, bevo, fumo, e la domenica sera vado a ballare e il lunedí mattina mi compero il giornale dello sport. Per questo ce l'hai con me, perché io senza guadagnarmele voglio tutte le cose che hanno quelli che se le guadagnano. Tu capisci solo questo, il resto no, il resto non lo capisci, non vuoi capirlo, perché è vero ma è contro il tuo interesse. Io non mi trovo in questa vita, e tu lo capisci ma non ci stai. Io non mi trovo in questa vita perché ho fatto la guerra. Ricordatene sempre che io ho fatto la guerra, e la guerra mi ha cambiato, mi ha rotto l'abitudine a questa vita qui. E adesso sto tutto il giorno a far niente perché cerco di rifarci l'abitudine, son tutto concentrato lí. Questo è quello che devi capire e che invece tu non vuoi capire. Ma te lo farò capire io! – e tese di nuovo il braccio contro di lei.

Lei disse: – Io capisco che tu non hai voglia di lavorare, lo vedo coi miei occhi. Perché hai lasciato il lavoro all'impresa?

– Il bel lavoro che m'han dato all'impresa! Tu lo sai perché l'ho lasciato, te l'ho detto, te l'ho gridato in faccia una volta come questa. Perché non era un lavoro da me, tu hai visto che lavoro mi facevano fare.

Lei negò sporgendo le labbra.

– Lo sai che lavoro mi facevano fare, – gridò lui, – perché un giorno sei venuta fin là a spiare se io ero andato a lavorare o se ero andato al fiume a fare il bagno.

– Questo te lo sei sognato tu.

– Bugiarda, sei una porca bugiarda! – gridò lui e la madre chinò la testa. – Mi facevano portare il calcestruzzo dalla betoniera a dove faceva di bisogno, cosí tutto il giorno, tutto il giorno avanti e indietro col carrello. Io da partigiano comandavo venti uomini e quello non era un lavoro da me. Il padre l'ha capito quando gliel'ho spiegato e non mi ha detto niente perché lui è un uomo e...

– Tuo padre è un povero stupido!

– Cristo, non dire che è stupido mio padre!

– Io posso dire di tuo padre cosa voglio, tutto quel che mi sento, sono l'unica che può. Tuo padre è uno stupido, è cieco e tu lo incanti come vuoi e per questo non ce l'hai mai con lui. Ma ce l'hai sempre con me perché io non sono stupida, io tu non m'incanti, perché io so quel che vuoi dire prima che tu parli, perché a me non la fai e per questo ce l'hai sempre con me! – Sembrava ubriaca d'orgoglio, quasi ballava con le mani sui fianchi.

Ettore le disse: – Tu sei furba, sí, sei piú intelligente di lui, te lo divori come intelligenza, ma io preferisco lui che tu dici che è stupido. Lo preferisco, gli voglio piú bene che a te e se mi mettessero il problema di chi lasciar morire di voi due, lascerei andare te senza pensarci un minuto.

Ettore e sua madre diventarono bianchi in viso e a tutt'e due cascarono le braccia.

Poi Ettore corse addosso a sua madre, la prese per le spalle, nascose la faccia nei suoi capelli vecchi, lei lottava e puntava le ginocchia, gridava: – Lasciami andare, non toccarmi, va' via che non ti veda mai piú! – e poi si mise a piangere, gli piangeva sul nudo del collo, ma lottava ancora, lui la strinse piú forte, furono lí lí per perdere l'equilibrio, Ettore raddrizzò tutt'e due con uno scossone, e gridava: – Lasciati abbracciare, non farti far male, stai buona che tanto non ti lascio andare, voglio tenerti abbracciata, adesso non ti muovere piú.

Stette finalmente ferma, piangeva sempre, i suoi capelli sapevano di petrolio, il suo vestito sapeva di lavandino.

Lui le disse: – Perché non mi hanno ammazzato? Tanto che m'hanno sparato davanti e di dietro e non mi hanno ammazzato!

Lei scosse la testa dandogli un forte colpo sulla guancia. – Ah, Ettore, non parlare cosí, ma mettiti a lavorare, fai un lavoro qualunque, non esser cieco, credimi e non sgridarmi quando ti dico che siamo quasi sulla strada. Tuo padre non ce la fa piú nel suo mestiere e io non ho altro lavoro che quello della casa e ho la malattia di fegato. Se non ti metti a lavorare tu, ci verrà a mancare il mangiare, l'alloggio e il vestire non solo, ma perderemo anche le nostre anime, perché diventeremo tutti pieni di veleno.

– Lascia fare a me, madre, la studio io la maniera, ti porterò dei soldi a casa, te lo giuro.

– Ma non tardare, Ettore, comincia ad aiutarci un po',

dacci subito un po' di respiro, vendi le armi che hai portato a casa dalla guerra.

Lui scosse la testa contro la testa di lei. – Ho già provato con l'armaiolo di via Maestra, ma non me le compera, sono troppo grosse, dice che non sono commerciabili.

– Come faremo, Ettore?

– Faremo. Mamma, perdonami.

– Sí.

– No, dimmelo per lungo.

– Ti perdono.

– E non dirgli niente di oggi al padre, che possa tornar su stasera e non aver niente da non star tranquillo.

Quando scese e passò davanti alla bottega di suo padre, suo padre stava girato verso il fondo, gli si vedevano solo le spalle piene che Ettore aveva ereditate da lui, stava lucidando un mobile, tra l'odore degli acidi che adoperava.

– Vuoi una mano?

Suo padre si girò appena, scrollò la testa, disse mentre lui già si muoveva: – Torna solo presto per cena, stasera voglio mangiare presto e andare subito a dormire.

Lui si mise ad andare per la strada, andava a veder giocare alla pelota nel grande cortile dietro l'Albergo Nazionale. Gli piaceva sia per la bellezza del gioco, sia perché a veder le partite e a scommettere c'era sempre tanta gente, tutti oziosi, vecchi e giovani, e a vederne tanti e a trovarsi in mezzo a loro a Ettore sembrava di non esser dalla parte del torto.

Ma oggi, come si avvicinava, non sentiva il suono della palla battuta e ribattuta contro la muraglia, né le voci e lo scalpiccio degli spettatori eccitati.

Da sul portone vide la lizza deserta, in metà c'era una donna che faceva il bucato e con vicino un bambino seduto su un mastello rovesciato.

Entrò nella lizza come se non ci credesse ancora. Quel bambino mangiava una caramella con una pagnotta di pane. – Oggi non giocano, – gli disse il bambino.

– Lo vedo, – rispose lui con una faccia scura come se parlasse a un uomo che l'avesse fatto arrabbiare.

Tornò in strada, trovare il gioco deserto gli aveva fatto effetto, gli pareva d'esser stato tradito.

– È già su il padre che la bottega è chiusa? – domandò Ettore un'altra sera.

– È uscito per un affare, – gli disse sua madre. Lei sapeva già tutto a quell'ora, si disse poi Ettore.

– Che cos'hai fatto?

– Zuppa di latte.

– Brava, – disse Ettore a sua madre e andò verso la credenza. C'erano sopra due scatole d'iniezioni, erano belle, attraenti, colorate e rivestite di cellophane come pacchetti di sigarette estere.

Sua madre si era già voltata verso di lui. Disse: – Guarda dietro che prezzo hanno. Eppure vuoi che non ci faccia niente, vuoi che mi lasci marcire il fegato per non spendere?

Lui s'irritò. – Ma sicuro che devi farci qualcosa, chi fa questione di soldi in quelle cose lí? Capisci, quello che stanca di te, che fa perdere la pazienza, è il tuo vizio di voler dire anche le cose che invece è meglio lasciar da dire. Io odio quel vizio lí, mi fa montar la rabbia.

Lei si rigirò verso l'angolo del gas. Lui passò la mano sull'orlo della tavola. – Vuoi che prepari tavola?

– Lo faccio io.

Ettore si mise le mani in tasca e poi si schivò per lasciar passare sua madre verso la tavola.

– Dove te le fanno queste punture?

– Me le fanno nel braccio.

Ettore stette per chiederle se le facevano male ma poi non glielo chiese.

Suo padre tornò dieci minuti dopo che la tavola era preparata. Ettore l'aveva sentito fin dal primo scalino e sentí che il suo passo era meglio che le altre sere, forse faceva un po' degli scalini a due a due.

E quando entrò aveva un sorriso in bocca. Ettore si levò le mani di tasca e stette a guardargli quella faccia nuova, gli sembrò che con la testa accennasse di sí alla donna nell'angolo del gas.

– Cosa c'è, hai avuto un'ordinazione grossa? – disse Ettore.

– Riguarda te, – rispose suo padre, – ed è meglio che un'ordinazione grossa per me. Mettiamoci a tavola, parliamo da seduti.

A tavola Ettore seppe che gli era stato trovato un lavoro nella fabbrica della cioccolata e che per questo doveva esser riconoscente al cavalier Ansaldi.

Sua madre gli disse subito: – Allora attento a salutar sempre il cavalier Ansaldi quando lo vedi per la strada.

Ettore fu per voltarsi di scatto verso di lei e gridarle: «Tu lo sapevi! E perché non me l'hai detto? Volevi farmi la bella sorpresa?» ma pensò che lei poteva rispondergli che non c'era niente di sicuro e solo per questo non aveva parlato, e cosí cavarsela e far restare lui peggio nell'anima. E poi suo padre parlava, parlava.

– E nota che non ti fanno fare l'operaio, – diceva suo padre, – ma farai l'impiegato. Io gliel'ho detto al cavaliere che tu hai poche scuole ma che sei intelligente, e lui m'ha detto che lo sapeva già. Ti metteranno a far le lettere di vettura, sono i documenti delle spedizioni per ferrovia. Quello sarà il tuo lavoro e di nessun altro, e non è un lavoro da fermo perché dovrai andare sovente alla stazione alla gestione merci.

Ettore non aveva ancora parlato, sentiva che da dietro sua madre lo fissava da cinque minuti, vedeva bene nel vuoto come in uno specchio la sua bocca ansiosa e dura.

– Ti va? – gli domandò suo padre.

– Deve andargli, – disse sua madre.

Ettore s'infuriò in ogni muscolo facciale, ma stette zitto. Suo padre vide e disse a lei: – Non parlare con quella voce. Anzi non parlare niente. Lascia dire a noi uomini.

– Voi uomini!

Suo padre gridò: – Cos'hai contro di noi? Ficca il naso nella tua pentola e non tirarlo mai fuori. Ti ho sposato per questo, se vuoi saperlo!

Lei venne verso la tavola con gli occhi bassi ma la bocca indomita. – Mangia, Carlo, – disse calma al suo uomo mettendogli davanti la scodella del latte.

Suo padre cominciò a spezzare il pane e disse: – Ti metti il vestito meglio che hai, non vai a fare l'operaio che il vestito piú è straccio e meglio va. E fatti la barba fin da stasera.

– Non ho tempo a farmela domani mattina?

– Fattela quando vuoi, io ti ho detto stasera perché credevo che tu domani mattina volessi aver tempo di prepararti bene.

– Per che cosa prepararmi? – disse Ettore senza alzare gli occhi dalla scodella.

– Per andare a lavorare.

Sua madre disse: – Ettore non ha ancora detto niente se va o non va a lavorare.

Suo padre tirò indietro la testa, portò gli occhi da sua moglie a suo figlio.

Ettore disse: – Naturale che ci vado, – in fretta.

– Cosa ti viene in mente di dire? – domandò forte suo padre a sua madre.

Ettore decise di non metter piú pane nel latte, ma di berlo, cosí avrebbe alzato la scodella fino a coprirsi gli occhi e dietro quel riparo pensare. Non trovava niente dentro di sé che potesse fermare quella macchina di fatti e di parole che lo trascinava a lavorare l'indomani, non gli veniva un'idea, mai era stato preso cosí alla sprovvista, nemmeno in guerra.

Finito il latte, Ettore disse: – Io cosa ne so delle lettere di vettura?

– T'insegnano loro. Dicono che imparerai nella prima mattina. Ti metteranno vicino un impiegato per insegnarti, un bravo ragazzo.

– Chi è?

– Io non lo so.

Masticando Ettore disse di colpo a sua madre: – Per che cosa mi guardi?

– Non posso piú guardare? – disse lei.

– Non guardare me.

– Io non guardavo te, guardavo il piatto in mezzo.

Poi Ettore le disse: – Dammi la frutta se ce n'è.

– Non puoi aspettare che tuo padre abbia finito la pietanza? Vuoi farlo mangiare al galoppo per arrivare alla frutta con te?

Lui s'arrabbiò. – Che bisogno c'è che mio padre mangi la frutta con me? Che cosa fa a lui se io mangio già la frutta mentre lui è ancora al piatto prima?

– Dàgli la frutta, – disse suo padre.

Traversò la piazza che prima portava il nome del re e imboccò la via degli stabilimenti. Camminava e gli venne in mente suo padre, un quarto d'ora prima, sulla porta della sua bottega. Era commosso a vederlo uscir di casa per andare a lavorare, aveva degli occhi come un cane da caccia. Suo padre gli sporse la mano e lui gliela strinse, ma stringendogliela lo fissava come se non lo riconoscesse. «Tu sei mio padre? E perché non sei milionario? Perché io non sono il figlio d'un milionario?» Quell'uomo lí davanti gli aveva fatto un torto a farlo nascere figlio di padre povero, lo stesso che se l'avesse procreato rachitico o con la testa piú grossa di tutto il resto del corpo.

Poi pensò a quel tale che fra un quarto d'ora gli sarebbe stato accanto a insegnargli come si compila una lettera di vettura. Bestemmiò con la voce che gli tremava.

Andando aveva visto in un'officina un operaio scappucciare un tornio, e la sua faccia non era triste né stanca né torva. Poi passarono sul loro camion gli operai della Società Elettrica, avevano un che di militare per le loro uniformi azzurre e il dischetto d'ottone sul berretto e l'ordine con cui sedevano sulle sponde del camion. Anche loro non gli sembravano tristi né stanchi né torvi, gli parvero invece come estremamente superbi.

Ma lui scosse la testa tutt'e due le volte. «Il lavoro è uno sporco trucco, tanto quanto la guerra».

Arrivò davanti alla fabbrica della cioccolata. C'era già piú di duecento operai e operaie: in qualunque direzione guardassero, sembravano tutti rivolti al grande portone metallico della fabbrica, come calamitati.

Ettore non si avvicinò, si diresse a un orinatoio e di là guardava i crocchi dei lavoranti e il portone ancora chiuso. Da dov'era poteva vedere la sirena alta su un terrazzino della fabbrica, gli sembrava che l'aria intorno alla tromba tremasse in attesa del fischio.

Finalmente arrivarono gli impiegati, otto, dieci, undici in tutto, non si mischiarono agli operai sull'asfalto, si tennero sul marciapiede.

Lui si nascose dietro l'orinatoio e li guardava attraverso i trafori metallici. «Io dovrei fare il dodicesimo» si disse, ma cominciò a scuoter la testa, non finiva piú di scuoterla e diceva: «No, no, non mi tireranno giú nel pozzo con loro. Non sarò mai dei vostri, qualunque altra cosa debba fare, mai dei vostri. Siamo troppo diversi, le donne che amano me non possono amare voi e viceversa. Io avrò un destino diverso dal vostro. Voi fate con naturalezza dei sacrifici che per me sono enormi, insopportabili, e io so fare a sangue freddo delle cose che a solo pensarle a voi farebbero drizzare i capelli in testa. Impossibile che io sia dei vostri».

Tra le esalazioni che il sole già alto traeva dall'orinatoio Ettore pensava che costoro si chiudevano tra quattro mura per le otto migliori ore del giorno, e in queste otto ore fuori succedevano cose, nei caffè e negli sferisteri succedevano memorabili incontri d'uomini, partivano e arrivavano donne e treni e macchine, d'estate il fiume e d'inverno la collina nevosa. Costoro erano i tipi che niente vedevano e tutto dovevano farsi raccontare, i tipi che dovevano chiedere permesso anche per andare a veder morire loro padre o partorire loro moglie. E alla sera uscivano da quelle quattro mura, con un mucchietto di soldi assicurati per la fine del mese e un pizzico di cenere di quella che era stata la giornata.

Disse di no con la testa per l'ultima volta, si sarebbe subito messo in contatto con Bianco.

La sirena suonò, fece un rumore modesto che lui non s'aspettava cosí modesto, da dentro aprirono il portone, furono inghiottite prima le donne e poi gli uomini, gli uomini spegnevano le sigarette prima d'entrare oppure si voltavano con la schiena al portone per consumarle con lunghe boccate frenetiche.

Poi gli impiegati. Prima che sparissero, Ettore cercò di immaginarsi quale di loro doveva insegnargli a compilare le lettere di vettura. Non gliel'avrebbe insegnato, né oggi né mai su questa terra. «Caro mio, – diceva a tutti insieme e a nessuno in particolare, tu hai la tua esperienza e io ho la mia. Tu potresti insegnarmi a fare le spedizioni, ma anch'io potrei insegnarti qualcosa. Ciascuno secondo la propria esperienza. Io ho imparato le armi, a spaventare la gente con un'occhiata, a starmene duro come una spranga davanti alla gente giú in ginocchio e con le mani giunte. Ciascuno secondo la propria esperienza».

Uscí un gigantesco custode in camice nero, guardò una volta a destra e una volta a sinistra lungo i muri della fabbrica, poi rientrò tirandosi dietro un battente del portone.

Ettore partí da dietro l'orinatoio e si incamminò forte verso il Caffè Commercio dove sapeva che Bianco dormiva, mentre dalla fabbrica già usciva il ronzio dei motori elettrici.

Bianco era stato un eroe in guerra, una volta aveva fatto ai tedeschi uno scherzo che pochi in Italia, e anche in Jugoslavia e in Polonia, han fatto ai tedeschi. Ora viveva con uno sfoggio di soldi da accecare tutti gli industriali della città, Ettore sapeva bene come se li guadagnava, e lo sapeva anche qualcun altro, ma non con la precisione di Ettore. Bianco l'aveva in grande stima come partigiano e dopo lo voleva con sé in quei suoi affari, gli aveva fatto la proposta una sera di Carnevale nel dancing sotterraneo dei fratelli Morra, ma Ettore quella volta non aveva accettato, forse perché erano tutt'e due bevuti.

Entrò nel Caffè Commercio, c'era segatura a mucchi sul pavimento e nessun cameriere a passarla. Erano le nove e non avevano ancora cominciata la pulizia, ma questo perché il Caffè Commercio non era un locale comune, dove si possa entrare a prendere una cioccolata all'arrivo del treno delle sette.

Bianco dormiva ancora, ma si svegliò e gli diede retta e anche da fumare. Da principio lo fece un po' soffrire perché non aveva accettato allora, ma poi disse che i suoi affari s'ingrandivano, che aveva bisogno di personale e che l'assumeva senz'altro. Lo faceva cominciare a lavorare quella sera stessa, si portasse la pistola, stasera andavano da un vecchio fascista al quale stavano perdonando a rate il suo fascismo.

– Bianco, io avrei bisogno di ventimila lire per domani a mezzogiorno.

– Per che cosa?

– Per mia madre, per tappar la bocca a mia madre.

– Tua madre cosa c'entra?

– Devo ben dimostrarlo che mi son messo a lavorare con te. Oh, stai tranquillo, le dico che faccio per tuo conto e coi tuoi camion gli autotrasporti da qui al porto di Genova.

– Te le do già stasera.

Uscí da Bianco: non era allegro, ma tranquillo, aveva la sensazione di lavorare già da tempo.

Con Bianco aveva fatto le dieci, e doveva riempire le due ore che ancora restavano di lavoro antimeridiano alla fabbrica della cioccolata.

Scese nel caffè e vide entrare nella sala dei biliardi due uomini di campagna. Un cameriere portò le bilie e il pallino, quei due si tolsero la giacca, s'infilarono nella camicia la punta della cravatta, tennero il cappello in testa, scelsero le stecche come se scegliessero le pistole per un duello. Tutto ciò senza parlarsi, senza guardarsi, facendo solo delle smorfie per il fumo che gli saliva nel naso dalle sigarette mai rimosse di bocca.

Giocavano diecimila lire la partita ai trentasei punti. Ettore segnava i punti sul pallottoliere, i due gli fecero portare un aperitivo e gli passavano sigarette. Una volta o due ci fu contestazione sui punti, perché Ettore era un po' distratto, cercava di immaginarsi la faccia di quel tale vecchio fascista, la faccia che aveva adesso e la faccia che avrebbe avuto stasera.

Aveva fatto mezzogiorno. Andò a casa, durante il pranzo non dovette nemmeno contar balle a suo padre perché suo padre non gli domandò niente, Ettore capí che gli avrebbe domandato tutto alla sera, dopo che avesse fatta tutta la giornata e avesse impressioni complete.

Mangiò e si alzò subito per uscire.

– Scappi già? – gli disse sua madre.

– Stai zitta, – le disse suo padre, – adesso che lavora può fare tutto quello che vuole.

Al caffè fece una partita a biliardo e una a cocincina. Quando suonarono le sirene delle fabbriche, domandò cosa c'era al cinema.

– *Sfida infernale.*

– Che roba è?

– Far West. Ho visto i cartelloni.

– Allora vado a vedere questa sfida infernale, – disse Ettore.

Ma mancava un'ora all'apertura del cinema, e si ritirò in un angolo della sala dei biliardi, a star solo, pensare e fumare.

Forse era perché aveva fumato troppo in questi giorni, ma si sentiva un male al cuore, una palpitazione, desiderava di esser già un po' avanti nel suo lavoro con Bianco, di avere soldi e calmi i suoi vecchi, che fosse vicino, il piú possibile vicino il giorno che potesse dirsi: «Dio, come si son messe bene le cose!» Ecco, era una domenica, non oltre l'autunno, una domenica pomeriggio. Lui s'era cambiato da festa e veniva in cucina dalla sua stanza. In cucina c'era sua madre seduta davanti alla finestra e guardava i tetti della casa accanto.

– Tu non esci mai la domenica? – le domandava.

Lei scuoteva la testa.

– Ti riposi?

– Mi riposo le braccia e le gambe ma non la testa.

– Cos'hai nella testa?

– Penso.

– A cosa pensi, madre?

Sua madre alzava il mento come per indicare la cima di una montagna di cose.

Lui le andava alle spalle e le diceva: – Sai, madre, io so cosa fai tu. Ci lasci andar via tutti e poi ti chiudi dentro a chiave e ti metti a contare i bei soldi che ti ho portato io.

Lei scuoteva molto la testa e diceva: – C'è poco da contare.

– Cosa? – gridava lui.

– Va bene. Ma non li conto. So quanto c'è.

– È abbastanza? Sei contenta?

– È abbastanza, son contenta adesso che fai il tuo dovere da uomo, ma ho sempre paura che smetti.

– Non smetto.

Poi Ettore domandava: – Dov'è andato il padre?

– Non lo so.

– È andato all'osteria?

– Non va mica all'osteria come gli altri tuo padre. Sarà andato fin sul ponte a vedere il fiume. Tu dove vai adesso che esci? Vai al caffè?

– Vado in giro, non voglio perdere un giorno bello cosí, sono gli ultimi giorni belli prima dell'inverno.

Sua madre gli diceva: – Esci con Vanda.

Lui diceva: – Tu ne sai di cose.

– Lo sai che a me non la fai.

– Cos'hai con Vanda?

– Niente ho con Vanda. Ma è una disgraziata a voler-ti bene. Povera figlia, è una disgraziata, glielo dico io che sono tua madre, glielo dico che è una disgraziata a volerti bene, la prima volta che l'incontro.

– Ah, è una disgraziata a volermi bene? Perché se tu fossi una ragazza non mi piglieresti, di'?

– No, – diceva lei scuotendo la testa ed oscillando il dito.

Lui rideva forte, la prendeva per le spalle mentre lei con-tinuava a dire e a segnare no, le faceva un po' d'amore come a una ragazza, le carezzava il collo e le sfiorava i ca-pelli con la bocca. E nel mentre diceva: – Non mi piglie-resti proprio? Al volo io dico che mi piglieresti. Un uo-mo come me. Solo che tu fossi una ragazza fresca e non la vecchia carretta che sei.

Si chinava per baciarla di sorpresa nel mezzo dei capel-li, ma lei che continuava a scrollar la testa riceveva il bacio sul collo. Stava un momento tutta rigida, poi arricciava il collo e diceva piano: – Se tu sapessi dove va a finire tutto questo con gli anni, – e scuoteva ancora la testa.

Poi Ettore diceva: – Allora adesso ti lascio sola a con-tare i soldi.

Lei scrollava le spalle e lui usciva pensando: «Dio come si son messe bene le cose!»

Andò al cinema. La pellicola gli piacque come non si aspettava e cosí non fece fatica a starlo a vedere due vol-te, doveva fare le sei.

Quando uscí erano pressapoco le sei. Andò verso casa lentamente.

Suo padre era fuori davanti alla bottega, e cominciò a

sorridere quando lui svoltò l'angolo e tenne il sorriso finché lui gli arrivò davanti.

– Allora, Ettore?

– Cosa?

– Il tuo lavoro?

Ettore puntò gli occhi su suo padre, respirò forte e disse: – Senti, padre, io il mio lavoro lo faccio e lo farò, ma
non mi piace, e non mi piacerà mai, – e andò di sopra.

Di sopra parlò per primo a sua madre, le chiese se si
poteva mangiar presto. Lei disse che si mangiava presto,
perché suo padre doveva andare a un'adunanza di artigiani che era per le otto.

Sua madre non gli domandò niente del suo lavoro, si
vedeva che soffriva per la voglia di chiedere, ma le mancava il coraggio, non sapeva che tono prendere a parlare, aveva paura che lui s'accendesse come un fiammifero.
Lui aveva una faccia nervosa.

Suo padre venne su e non disse niente durante la cena, tenne sempre gli occhi bassi, sembrava si vergognasse
di qualcosa.

Finito cena, suo padre andò di là, ci stette un po' e poi
andò alla porta. – Io vado, – disse a sua moglie.

Lei si voltò a guardarlo, gli occhi le scintillarono di disprezzo e di disperazione, gli disse forte: – Perché non ti
sei cambiato? Almeno posa il berretto e mettiti il cappello.
Vai a un'adunanza. Sembrerai il piú straccione.

– Lo sono, – disse calmo suo padre, e uscí.

Sua madre andò a chiudergli dietro la porta con violenza e poi disse a Ettore: – Hai visto? L'uomo si lascia
andare, non si cura piú, hai visto come perde i calzoni
dietro?

Guardando fuori attraverso la finestra sopra il lavandino Ettore disse: – Lascialo vivere, lasciagli fare tutto

quello che vuole, in questi pochi anni che ha ancora da
vivere lascialo fare secondo la sua testa. Io vorrei una cosa, mi piacerebbe una cosa. Che il padre potesse vivere
questi ultimi anni come viveva quando era giovane come
me, che finisse di essere tuo uomo e mio padre, come se
avesse finito un servizio che gli ha preso trent'anni, e vi-
vesse questi ultimi anni come se fosse libero e solo. Mi
capisci cosa vorrei io?

Sua madre si voltò verso di lui, con gli occhi fissi e le
labbra premute.

– Tu sei solo una donna, – disse allora Ettore.

Lui accese una sigaretta, lei cominciò a riunire i piatti
e a far gettare l'acqua.

Ettore non si decideva, si ritrovava nello stesso stato
di quando doveva uscire per divertirsi e spendere e cercava di decidersi a chiederle i soldi.

Sua madre doveva pensare alla medesima cosa, perché
senza voltarsi disse d'un tratto: – Non vuoi mica già dei
soldi? A lavorare hai cominciato solo oggi e soldi a casa
non ne hai ancora portati.

Allora Ettore spense la sigaretta e disse adagio: – Non
ci sono mica andato a lavorare.

Lei si girò, aveva una mano tutta bagnata premuta sul
petto dalla parte del cuore. Gridò: – Me l'aspettavo! Me
l'aspettavo ma è troppo grossa lo stesso! Tu sei pazzo, Ettore, sei cattivo, sei un traditore, vedi tuo padre e tua madre morire di sete e non ci dài una goccia d'acqua...

– Non gridare! – gridò lui saltando in piedi, – comincio
a lavorare stasera. Con Bianco. Carichiamo un camion e lo
portiamo a Genova. Oh, hai già cambiato faccia. Ritorno
domani e ti porto tanti soldi che a guadagnarli alla fabbrica della cioccolata mi ci andava un mese. Sei contenta?

Sua madre non disse niente, andò al lavandino a chiudere l'acqua, poi tornando disse: – Che lavoro è? È un buon lavoro?

– Cosa vuoi dire con un buon lavoro?

– Un buon lavoro. È un lavoro che dura? O dopo questo viaggio a Genova sei di nuovo con le mani in mano? Guarda che non voglio piú vederti con le mani in mano, mi fa impazzire.

– Vedrai che dura. Dopo andiamo a far trasporti in Toscana, a Roma, magari fino in Sicilia. Sarà bene che mi comperi una giacca di pelle, da autista.

– Te la compero io di seconda mano, – disse in fretta sua madre.

– No, guarda, me la faccio comprare da Bianco. È lui che deve pensarci.

– Quando ti sei messo d'accordo con Bianco?

– Oggi. Stamattina invece di andare a lavorare alla cioccolata sono andato a trovar Bianco dove dorme. Erano dei mesi che lui mi voleva. Ho perso dei bei soldi a non accettar subito.

Lei soffriva a sentir parlare di soldi perduti, le si rigava tutta la pelle per quella sofferenza. Disse forte: – E perché non hai accettato allora?

– Perché Bianco in definitiva è un padrone come tutti gli altri padroni. E io allora non volevo padroni. Oggi ho capito che per cominciare bisogna stare sotto un padrone, e ho scelto Bianco perché sotto di lui c'è da emanciparsi piú presto... Ma per i soldi adesso mi rifaccio, in un anno voglio guadagnar tanto da poter mollare Bianco e mettermi a lavorare per conto mio. Non so ancora cosa farò per conto mio, ma mi verranno delle idee mentre lavoro sotto Bianco. E a te ti compero quello che vuoi, una tabaccheria o un negozio di commestibili, quello che vuoi tu. Un negozio che tu debba solo star seduta a contare i soldi.

Lei taceva, lo guardava con occhi lucidi e ansimava nel petto. Poi gli domandò: – E come li guadagni tanti soldi?

– È il lavoro che li porta, il tipo di lavoro.

– Che lavoro è?

– Non facciamo passare certi controlli alla roba che portiamo.

– Allora è pericoloso? – Non era spaventata, solo attentissima.

– Niente pericoloso. È un lavoro solo da multe se ti prendono, non da prigione. E le multe le paga Bianco.

– Allora non è pericoloso.

– Puoi fare a meno di pregare per me quando sono fuori per le strade.

– Oh, io non prego piú per te.

Ettore rise. Poi disse: – Adesso lasciami andare che non faccia tardi fin dalla prima sera.

– Da Genova quando torni?

– Son qui per domani a mezzogiorno.

Sua madre pensò e poi disse: – Pigliati un po' di giornali e mettiteli bene sullo stomaco. Fa freddo a viaggiare.

– Tu parli cosí perché non sei mai stata nella cabina d'un camion –. E poi: – Vado di là ad aggiustarmi.

Lei gli disse dietro: – Aspetta, apri di nuovo un po' quella porta. Quando torni portami i soldi di sicuro, se no io non ci sto piú.

– Li hai già in mano. Al padre dillo tu.

– Glielo dico io. Ma lui non resterà mica contento. Non l'hai ascoltato.

– Ma non è la prima volta che non l'ascolto.

– Ma stavolta era l'ultima volta che lui voleva che tu l'ascoltassi. Fa niente, glielo dico io, tu vai pure.

– Mi rincresce, ma vedrai che alla fine sarà contento anche lui. Lo faccio star bene questi ultimi anni.

Andò in sua stanza, aprí con forza e rumore il cassetto dove c'era il pettine e poi lo richiuse adagio e senza rumore, andò in punta di piedi al letto, da sotto il materasso tirò fuori la pistola. La guardò, se la mise sotto il giubbotto e uscí per andare a lavorare.

Quell'antica ragazza

Quel giorno Marziano tornando dal Rustichello vide sull'aia del Nano una ragazza mai vista prima, vestita come una signora forestiera, e che quando si fu accorta di lui lo fissò con tali occhi che Marziano si guardò la terra sotto i piedi e allungò il passo per casa, persuaso che fosse la figlia del padrone del Nano salita dalla città.

– Contami com'era vestita, – gli domandò sua madre a casa.

Marziano le aveva veduta una veste turchina e le calze bianche. Allora la mezzadra disse che non era la figlia del padrone del Nano, ma solamente la nipote del mezzadro, e che era alle Rosine di Torino dove l'aveva fatta entrare la pietà del padrone dopo che i suoi erano morti sotto il carro ribaltato. Si chiamava Argentina, e doveva esser venuta al Nano in licenza.

Al Pavaglione non se ne parlò piú, ma uno alla volta i ragazzi salivano al bricchetto che dominava il Nano e di lassú guardavano a lungo giú nell'aia.

Una sera Agostino andava per suo conto sul sentiero al margine del castagneto, quando gli si para di traverso quell'Argentina, vestita proprio come aveva detto Marziano. Era entrata giusto nel filo del vento e alzò un braccio a raccogliersi i capelli sulla nuca. Agostino pensò di saltar nel bosco per nasconderlesi, ma lei si voltò un attimo prima e lo guardò con occhi neri da sotto il braccio ripiegato e lui restò come legato mani e piedi.

Senza muoversi gli domandò: – Tu chi sei?

Zitto Agostino.

– Stai da queste parti?

Agostino abbassò gli occhi, ma anche cosí le vedeva la punta d'una scarpina nera da città, e li abbassò di piú.

– Sei un disgraziato muto?

– No! – gridò lui.

Rise e gli scese incontro d'un passo. – Allora chi sei?

– Sono il servitore del Pavaglione.

– Cosí stai da Matteo. Però sei ben superbo per essere solo un servitore.

– Tu sei meglio di me?

– Lo sai chi sono io?

– Sei la nipote di quelli del Nano.

– Come fai a saperlo?

– La mia padrona.

Lei scese d'un altro passo. – Dove te ne andavi?

– Per mio conto.

– Come per tuo conto? Un servitore che va per suo conto in un'ora di chiaro. Sei scappato dal Pavaglione? Dillo a me.

– Non sono scappato. Ma per oggi ho finito e vado per mio conto.

Argentina sogguardò il castagneto. – Entri nel bosco?

– Se mi va.

– Entra nel bosco. Io ti vengo dietro.

– Io vado per mio conto.

– Perché non vuoi venire con me?

Agostino guardò alto alla langa, ma lei gli cercò gli occhi, finché li ebbe e glieli tenne. – Non ti piacerebbe girare il bosco con me?

– Perché vuoi venire nel bosco con me?

– Perché è pieno di nidi. Tu li cerchi e mi cogli gli uccelli appena nati.

– Cosa ne fai?

– Mi cerco un bastoncino e ce li infilo uno dopo l'altro man mano che tu li trovi e me li passi.

– Chi te l'ha insegnato?

– L'ho imparato bell'e da me, da piccola. E ho sempre trovato i ragazzi che mi cercavano apposta i nidi.

– Me non mi trovi, – le disse forte Agostino, e le voltò le spalle.

Lei gli disse dietro: – Starai bene con me nel bosco.

Senza voltarsi le fece segno di no, e già correva, anche per la ripidità del sentiero.

– Stupido! – gli gridò dietro Argentina, – stupido, me lo faranno i figli di Matteo!

Glielo fecero sí, a cominciare da Genio. E Agostino si sentí dentro un male misterioso la notte che cercò invano Genio per tutta la casa. Uscí sull'aia, si riempí gli occhi di buio e gli orecchi di vento marino forte e soave, ed era certo che in un qualche punto di quel buio Argentina se ne stava con Genio, senza piú la veste turchina e le calze bianche. Andò a coricarsi nella stalla, ma non dormí, vegliò con la testa piegata sul petto come a cogliere con l'orecchio il primo sbocco d'una nuova sorgente.

E poi toccò a Marziano. I ragazzi parlarono e si seppe che altri vicini si facevano avanti per andare la notte con Argentina.

L'indomani della notte di Marziano, Agostino ci patí, come mai prima, a lavorare. Non vedeva l'ora che tramontasse e se alzava gli occhi dalla terra il sole era sempre inchiodato allo stesso punto del cielo. Il corpo gli si tendeva fino a indolorirsi e gli sopravveniva poi una debolezza per cui le ginocchia erano lí per cedergli. Ora sapeva a che altro poteva, doveva servire quel suo corpo; non che non lo sapesse da prima, ma aveva sempre riferito quel pensiero al corpo degli altri uomini. Dando la schiena a Matteo, se lo guardò e toccò, e decise che quella sera stessa sarebbe stato per Argentina come la vanga era per la terra.

Calò il sole e dopo cena Agostino aggirò la casa e andò a sedersi sul tronco a ridosso del muro che dava sulla terra. Lí aspettò che tutto il creato si riducesse a un vento nero, poi si alzò e si mosse quel tanto che bastava per arrivare a vedere una finestra illuminata del Nano. Ma tornò quasi subito indietro, per una paura, una disperazione.

Si rimise a sedere sul tronco, finché con la coda dell'occhio afferrò un movimento che poteva essere un'ombra qualunque, ed era invece Argentina.

Andarono al bosco in silenzio, lui tenendola stretta per un braccio come se ad ogni momento dovesse scappargli nel buio e dal buio ridergli.

L'ebbe sulla terra decliva, col vento che le saettava i gemiti lontano.

Dopo lei gli disse: – Potevi essere il primo se non eri tanto stupido e superbo.

– Io sono contento anche cosí, Argentina.

– Te non so nemmeno come ti chiami.

– Agostino.

– Come ti chiami?

– Agostino.

Ma s'allargò e s'infittí la diceria ed i ragazzi, anche i lontani fino al settivio del Pilone e i piccoli come Tomalino della Serra, salivano ogni sera al bricchetto sopra il Nano e di lassú la chiamavano a piú voci, e siccome lei non si affacciava, si diedero a urlare e sghignazzare, finché suo zio uscí col fucile e fece un colpo in aria.

Disse Matteo al Pavaglione: – È stato un buon sfogo per i nostri maschi.

– Ma adesso han preso il vizio, – disse la mezzadra, – e chi glielo mantiene?

– Cominciare dovevano cominciare, – e alla figlia Domenica che si muoveva tutta nervosa disse: – Tu tieni il sangue fermo, che presto ti maritiamo e avrai anche tu quel che ti spetta. Ma di buon giusto.

La mezzadra si domandava: «Non possono mica averglielo insegnato alle Rosine? Da dov'è uscita quella ragazza infernata?»

Lo seppe dalla mezzadra del Nano. Aveva chiesto alla nipote, dopo averla legata alla tavola e cinghiata ben bene, cosa l'era saltato in mente, e Argentina piangendo aveva risposto che lei credeva che le ragazze che non stavano in collegio lo facessero tutte e sempre.

La mattina dopo suo zio la caricò sul carro, la portava ad Alba a farle prendere il treno per Torino. Sulla testa e sulle spalle le avevano buttato una veste nera di sua zia, a nasconderla. Ma dove il carro passava, tutti gli uomini sulla terra alzavano la schiena.

L'acqua verde

Era venuto al fiume nell'ora di mezzogiorno, e non c'era nessuno sul fiume, nemmeno il martin pescatore. Aveva attraversato il ponte perché pensava che era meglio succedesse sulla sponda opposta alla città, e poi aveva continuato ad allontanarsi per un sentiero che andava a perdersi nel sabbione. Da dove s'era fermato e seduto, poteva vedere il ponte, lontano come se fosse incollato all'orizzonte, e gli uomini e i carri che ci passavano sopra gli apparivano formiche e giocattoli.

Era già un pezzo che stava lí seduto sotto il pioppo, con in grembo l'ombra dell'albero e le gambe stese al sole. Perché non l'aveva già fatto?

S'era lasciato distrarre a lungo da un uccellino venuto a posarsi su una lingua di terra ghiaiosa e sterposa che rompeva l'acqua proprio di fronte a lui. L'uccellino s'era messo a esplorare quella terra saltellando a zampe giunte tra gli sterpi e storcendo la testa a destra e a manca come avesse nel collo un meccanismo. Era grazioso, col dorso color tabacco e una fettuccia turchina intorno al collo bianchissimo. L'aveva preso una incredibile curiosità di saperne la razza, si disse persino che se fosse tornato in città avrebbe potuto descriverlo al suo amico Vittorio che se ne intendeva e cosí saperne il nome. Ma lui in città non ci tornava. Addio, Vittorio. Ti farà effetto, lo so.

Per un lungo tempo non misurato seguí con gli occhi l'uccellino, e per tutto quel tempo ebbe sulla bocca un gentile e pieno sorriso che quando s'accorse d'averlo, gli lasciò dentro un profondo stupore. Sbatté un poco le ciglia e dopo non riuscí piú a rintracciare l'uccellino.

Sparito l'uccellino, aveva abbassato lo sguardo sul quadrato di sabbia davanti ai suoi piedi, cosí pura e distesa che lui poteva seguirci l'ombra del volo d'insetti minutissimi.

Poi si sentí sete e con gli occhi cercò tra l'erbaccia, dove le aveva gettate, le due bottigliette d'aranciata. Si disse che aveva fatto male a berle tutt'e due subito, ma ritardando l'aranciata si sarebbe fatta calda e disgustosa come orina, e poi lui non credeva che ci avrebbe messo tanto a far la cosa.

Si ricordava di mentre comperava le aranciate. Era andato dal barista Ottavio, che era un suo mezzo amico.

– Dammi due aranciate.

– Perché due?

– Perché credo d'averne bisogno di due. Avrò sete. Vado fuori in questo calore.

Era chiaro che Ottavio si faceva nella sua testa l'idea che lui uscisse con una donna, ma Ottavio disse solamente: – Allora te le porti via con te? I vuoti sono a rendere. Ricordati di riportarmeli stasera.

– Non sono mica sicuro di riportarteli.

– Allora ci vuole una cauzione di venti lire per bottiglietta. Fa quaranta lire. Te le rimborso stasera, se mi riporti i vuoti. Grazie, ciao.

«Sai, Ottavio, non mi rimborserai mai piú il mio deposito. Ho idea che stasera o domani cercherai nel tuo cassetto i miei quattro biglietti da dieci e quando crederai d'averli trovati, te li metterai sul palmo della mano e li guarderai e ci mediterai sopra un bel po'».

Però si sentiva sempre sete. Si disse: «Perché mi preoccupo della sete? Non son venuto qui per l'acqua? Perché la faccio tanto lunga?» e si alzò.

Uscí dall'ombra dell'albero e camminò nel sole verso l'acqua. Si guardò tutt'intorno per vedere se c'erano pescatori vicini o lontani: nessuno, non una canna che oscillasse sopra il verde o che sporgesse dalle curve dell'argine.

Decise di studiare il fiume, ma prima volle accendersi una sigaretta. Se n'era comprate di quelle di lusso, mai comprate in vita sua, ma oggi era diverso. Però trovava che quelle famose sigarette da signori gli impastavano la lingua e gli irritavano con la loro troppa dolcezza la gola. Dopo quattro o cinque boccate, gettò la sigaretta. Faceva da terra un fumo straordinariamente azzurro e denso, che si spiralava perspicuamente nell'aria dorata. Poteva esser visto da lontano, cosí colorato e tardo a svanire, far da richiamo: andò a soffocarlo accuratamente col piede.

Poi, a due passi dall'acqua, esaminò il fiume. Ne prese e tenne sott'occhio una lunghezza di trenta passi, il tratto dove lui sapeva che l'avrebbe finita, e si stupí di come l'acqua variava di colore. Le correnti erano grigio-ferro e gli specchi d'acqua profonda color verde. Studiò la corrente piú vicina e lo specchio in cui essa si placava. Raccolse una pietra, oscillò tre volte il braccio e la mandò a cadere a piombo sullo specchio. Fece un gran tonfo e un alto spruzzo, con le spalle raggricciate lui guardò farsi i cerchi e poi si disse ridistendendosi: «Non sono pratico del fiume, ma dev'essercene d'avanzo».

Si chinò sui ginocchi e pensava: «È semplice. Vado nella corrente, mi ci lascio prendere e lei mi porta da sola nell'acqua alta. Sarà come andarci in macchina. Sono contento che non so nuotare; mi ricordo che da ragazzo e da giovanotto mi dispiaceva, ma adesso sono contento di non aver mai imparato. Cosí una volta nella corrente, piú niente dipenderà da me».

Restando chino sui ginocchi e trascinando avanti una gamba e poi l'altra andò nell'acqua e ci infilò dentro un dito. Era calda, piú in là lo sarebbe stata meno, ma non tanto. C'erano con lui sulla riva sei o sette strane mosche col dorso che mandava lampi azzurri, scalavano le pietre e i detriti, passeggiavano la sabbia e parevano non aver paura di lui. Lui sventolò una mano e le mosche si ritirarono, ma mica tanto lontano.

Con le mani sui ginocchi, guardava il pelo dell'acqua e si lasciava riempir le orecchie del suo rumore. Levando gli occhi dall'acqua, vide come se la terra scappasse contro corrente. «La terra parte». Si sentiva una vertigine nel cervello e pensò che quella vertigine gli veniva buona per fare la cosa. Ma come si alzò, già gli era passata.

Dentro la tasca il pacchetto delle sigarette gli faceva borsa sulla coscia. Lo tirò fuori e fece per gettarlo. Ma frenò la mano, cercò una pietra prominente all'asciutto e andò a posarci sopra il pacchetto. «È ancora quasi pieno, a qualcuno farà piacere trovarlo, lo troverà uno di quei disgraziati che vengono qui per legna marcia».

Raccoglieva pietre e una dopo l'altra se le cacciava in seno. Per quel peso ora non poteva piú star ben eretto con la schiena. Levò gli occhi al cielo, il sole glieli chiuse, e disse: – Papà e mamma, dove che siete, non so se mi vedete, ma se mi vedete non copritevi gli occhi. Non è colpa vostra, ve lo dico io, non è colpa vostra! Non è colpa di nessuno.

Camminava già nell'acqua al ginocchio ed avanzando raccoglieva ancora pietre sott'acqua e se le cacciava in seno grondanti. Arrivò tutto curvo dove piú forte era la corrente che portava all'acqua verde.

Nove lune

– Cos'hai fatto? – gli domandò sua madre a bruciapelo, senza dargli il tempo di chiudersi dietro la porta.

– Cosa c'è? – disse lui, in guardia.

– È stata qui quella ragazza Rita.

– Rita? E per cosa è stata qui?

– Voleva vederti ad ogni costo, ha chiesto a me dove poteva trovarti, ma io lo so così poco dove ti trovi tu. Era piena d'affanno, non riusciva a star ferma un momento, ha detto che andava a casa a mangiare e poi usciva di nuovo subito a cercarti. Cos'avete fatto tu e Rita? Qualcosa di storto?

– Sempre filato diritto io e Rita, – disse lui, – non so proprio cosa le sia capitato. È diventata matta? Mangiamo tranquilli. Dopopranzo la cerco e le domando se è diventata matta.

Dopo mangiato uscí, nel freddo fece due strade senza ben sapere perché avesse infilato quelle piuttosto che altre. Vide poi Rita per caso, ferma all'angolo della via degli stabilimenti, e tremava.

Ugo si fermò a guardarla da lontano, ma poi dovette muoversi e andare da lei.

C'era solo spavento negli occhi di Rita.

Prima che lui potesse aprire la bocca lei gli disse: – Mi hai messa incinta, Ugo.

– Cristo cosa mi dici, – disse lui piano.

Irresistibilmente le aveva puntato gli occhi sul ventre, aveva fatto un passo indietro per guardarglielo meglio, e doveva sforzarsi per tener le mani da scendere a scostarle un lembo del cappotto, sul ventre.

Gli occhi di lei si riempirono fino all'orlo di spavento vedendo lo spavento negli occhi di lui. Ugo la fissava atterrito, come se le avesse acceso una miccia nel profondo del corpo e ora aspettasse di vederla esplodere da un momento all'altro.

– Tu cosa dici? – gli domandò lei con la bocca tremante.

– Sei sicura? – disse lui rauco.

– Me l'ha detto il medico.

– Sei già dovuta andare dal medico?

– Avevo incominciato a rigettare.

Ugo fece una smorfia d'orrore, batté la mano sulla coscia e disse forte: – Non farmi sapere quelle cose lí!

– Ugo! – lei gridò.

– E i tuoi? – disse lui dopo un po'.

– Non sanno niente. Ho ancora due mesi per nascondere, ma poi non potrò piú. In questi due mesi devo trovare il coraggio di buttarmi nel fiume.

– Ci son qua io, – disse lui senza guardarla.

Neppure lei lo guardò, sentí e scosse la testa.

Che freddo faceva, il freddo veniva proprio dal fiume, sorvolando i prati aperti.

Lui le mise un braccio intorno alle spalle, ma non sapeva guardarla negli occhi. Respiravano forte, uno dopo il respiro dell'altra, come se facessero per gioco ad alternarsi cosí.

– Che cosa devo fare? – disse poi lei.

– Eh?

– Che cosa devo fare?

Lui non rispondeva, lei aspettò e poi disse: – Tu cosa vuoi che faccia?

Lui non riusciva nemmeno a schiudere la bocca. – Sei tu che devi decidere, – le disse poi.

– Io faccio quello che vuoi tu. Hai solo da dire.

– Io non so cosa dire.

– Parla, Ugo.

– Non so cosa dire.

Allora lei gli gridò di non fare il vigliacco.

Ugo ebbe come una benda nera sugli occhi, voltandosi la premette col petto finché la schiena di lei toccò il muro. Ma non diceva niente.

Lei gli puntò le mani sul petto e gli disse: – Parla, Ugo. Tu sei l'uomo. Fai conto di essere il mio padrone, decidi come se dovessi decidere per un motore rotto. Tu di' e io ti ascolto. Cosa vuoi che faccia?

Non rispondeva, e allora lei gli disse molto piano: – Vuoi che vada a parlare a una levatrice? Ma ci vanno tanti soldi per l'operazione.

Lui si sentí a dire: – Io potrei farmeli imprestare tutti quei soldi che ci vanno, – ma guardandola per la prima volta vide lo spavento traboccare dagli occhi di lei. La vista gli si annebbiò, la prese con tutt'e due le braccia e le disse nei capelli: – Ma credi che io voglio che tu ti rovini?

Lei fece per tirarsi indietro, poterlo guardare negli occhi, ma lui la tenne ferma, le disse: – Stai lí al caldo.

Rita gli piangeva sul collo, quel bagnato subito caldo e poi subito freddo lo indeboliva spaventosamente.

Poi lei gli disse nel collo: – Io lo vorrei il bambino.

– Il bambino lo avrai, te l'ho dato ed è tuo, lo avrai il bambino, – diceva lui, ma non sapeva uscire dal buio che era nel collo di lei, non voleva vedere la luce.

Lei si staccò, ma non gli tolse le mani dal petto, lo

guardava muovendo la bocca. Allora Ugo sentí un calore dentro, che lo fece drizzare contro la corrente di freddo, aveva solo paura che quel calore gli cessasse, solo paura di risentir freddo dentro. Le disse: – Adesso che siamo d'accordo vai a casa. Sei un pezzo di ghiaccio.

Lei si spaventò di nuovo, gli tornò contro col corpo, gli disse nel collo: – Cosa faccio a casa?

Lui si staccò e le alzò il viso perché lei gli vedesse gli occhi, adesso erano fissi e duri, ma lui voleva solo che lei gli obbedisse.

Guardandola con quegli occhi le disse: – A casa parli, dici tutto, a tuo padre, a tua madre, a tutti di casa tua.

Rita gridò di no con un filo di voce.

– Glielo dici, devi dirglielo entro oggi perché stasera arrivo io a casa tua.

– Tu sei matto, Ugo, t'ammazzano, t'ammazzano di pugni.

Ma lui disse: – Glielo dici? Giurami che glielo dici.

Lei non giurò, batteva i denti.

Lui le disse: – Adesso io ti lascio, ma devo esser sicuro che quando suonano le quattro tu gliel'hai già detto. Giurami che glielo dici.

Batteva sempre i denti.

– Devi dirglielo. Dirglielo e poi sopportar tutto quello che ti faranno. Pensa a stasera, quando arrivo io a dar la mia parola che ti sposo. Fatti forza, pensa a stasera e diglielo. Sono solo quattro ore che saranno brutte, poi arrivo io e mi piglio io tutto il brutto. Rita, incomincio da stasera e lo farò per tutta la vita.

Allora lei chinò la testa e disse: – Non so come farò ma glielo dico.

– Per le quattro.

S'inclinò a guardarla, le disse: – Hai paura. Hai una pau-

ra matta. Hai paura ma io non voglio che tu abbia paura.
Voglio che tu glielo dica senza paura. Fammi vedere come
glielo dirai. Su, fammi vedere.

Lei si mise a piangere piano.

– Andiamo, – disse lui trascinandola, – andiamo insieme io e te a casa tua e parlo io.

Lei si divincolò, tornò indietro di corsa. – T'ammazzano di pugni.

Lui andò a riprenderla. – Non m'ammazzano, me ne da-
ranno quante non me ne son mai prese in tutta la mia vita,
ma non m'ammazzano. Ma non lascio che tu abbia paura.

Allora Rita disse: – Va bene. Glielo dico. Quando senti
battere le quattro regolati che lo sanno già.

Cominciò ad allontanarsi camminando adagio all'indietro.

Lui da fermo la guardava, ogni tre passi le diceva: – Diglielo. Non aver paura. Hai paura. Hai paura.

La rincorse, le arrivò addosso, l'abbracciò. – Hai paura. Non voglio che tu abbia paura. Sei la mia donna e non
voglio che tu abbia mai paura. Cristo, ho voglia di piangere. Cristo, io li ammazzo tutti i tuoi perché è di loro che
hai paura.

Lei si esaltò, disse: – Glielo dico. Ho paura, ma son contenta. Tu diventi il mio uomo davanti a mio padre e mia
madre e io sono tanto felice che un po' devo ben pagare.

Lui le disse: – Diglielo. Io arrivo alle otto. Avete già
finito di mangiare per le otto?

Lei accennò di sí, non riuscivano a staccar le mani, si
facevano male per non lasciarsi andare, poi si staccarono
con una specie di strappo, se ne andarono oppostamente.

Ugo girò per la città, aspettava che battessero le quattro e aveva davanti agli occhi, negli occhi, le mani del sellaio e dei suoi due figli. Si diceva che doveva pensare solo

a Rita, a quello che doveva passare Rita prima che lui arrivasse a prendersi tutto il brutto, ma non poteva togliersi da davanti agli occhi quelle mani.

Quando finalmente suonarono le quattro, lui era in un caffè, si tolse la sigaretta di bocca e guardò lontano dalla gente, in alto.

Poi pensò che gli uomini di casa di Rita potevano per il furore e la voglia di vendetta abbandonare il lavoro e mettersi in giro per la città a cercarlo dovunque. Non doveva succedere che lo trovassero, non era pronto, lo sarebbe stato per le otto della sera.

Mancavano quattro ore. Andò al fiume e rimase fino a scuro sugli argini a pensare.

Tornò, si avvicinava a casa come in guerra a quegli abitati dove non si sapeva se ci fossero o no nemici, nel corridoio e su per la scala cercò di sentire se in casa c'era qualcuno oltre suo padre e sua madre.

Entrò, c'era tavola preparata e suo padre che aspettava di mangiare e strofinava la mano sulla schiena al suo cagnino.

– L'hai vista? – gli domandò subito sua madre.

– Niente, – disse lui. Non era ancora pronto, avrebbe parlato tra venti minuti o mezz'ora, anche lui doveva parlare, come Rita. L'avrebbe detto alla fine della cena, se lo diceva in principio nessuno avrebbe mangiato più.

Finito, colto il momento che sua madre si muoveva per alzarsi a sparecchiare, allora parlò. Parlando guardava sua madre che lentissimamente tornava a sedersi. Le parole gli saltavan via di bocca, una dietro l'altra, come se per ognuna ci volesse uno spintone.

Suo padre aveva abbassato gli occhi fin da principio, sembrava cercare le briciole di pane sull'incerato.

Ma sua madre gridò: – Sei matto! Sei matto! Sei un maiale! Sei un delinquente! – finché suo padre batté un pugno sulla tavola e le gridò: – Non gridare, o strega, non far sentire le nostre belle faccende a tutta la casa!

Lei gridò: – Allora parlagli tu, digli che porcheria ha fatto, diglielo tu!

Ma dopo suo padre non disse piú niente.

Allora sua madre che tremava tutta disse piano e guardando nel suo piatto: – Dovevi pensare a noi che siamo vecchi prima di pensare a far dei bambini.

Ugo gridò: – Io ci ho pensato? Io non ho pensato a niente! Per me è stato un colpo, è stata una disgrazia! Tu credi che io ci abbia pensato? – Poi disse piú basso: – Ma non cambia mica niente tra me e voi quando io abbia sposato Rita e abbia una famiglia mia.

Ma sua madre scuoteva la testa, era talmente disperata che si mise a sorridere. Disse: – Quando si ha intorno gente fresca i vecchi si dimenticano in fretta. Vedrai che con la famiglia nuova avrai tante difficoltà che non potrai piú pensare ai tuoi vecchi e a un certo punto ti convincerai che è un bene per te che entrino all'ospizio.

Ugo urlò: – Non parlare cosí, non parlare dell'ospizio, perché sai che non è vero, che io mi faccio ammazzare prima di vedervi entrare all'ospizio.

Gridava anche suo padre. Si era tutto congestionato in faccia e gridava a sua moglie: – Ci sono io per te! C'ero quando tuo figlio non c'era ancora e ci sarò quando tuo figlio sarà lontano. Io sono un uomo fino a prova contraria, e non ti ho mai fatto mancar niente di quello che ti spetta!

Il cane era filato a rannicchiarsi nell'angolo del gas, di là li guardava e dimenava a loro la coda perché non lo facessero spaventare di piú.

La madre scrollò la testa a lungo, sorrideva sempre come prima, ma adesso stava zitta.

Allora Ugo si alzò.

– Dove vai? – suo padre.

– Vado a casa di lei. Mi aspettano.

Suo padre sbatté le palpebre per la paura, ma non disse niente, solo si mosse sulla sedia facendola scricchiolare.

Ugo si girò a guardare sua madre, gli dava le spalle e le spalle erano immote come la testa reclina.

Ugo andò in sua stanza.

Stette un momento a sentire se suo padre e sua madre si parlavano piano, ma non si parlavano. Andò a pettinarsi davanti allo specchio, si guardò la faccia, pensò a come l'avrebbe avuta tra mezz'ora, un'ora. «Sono un uomo», si disse poi togliendosi da davanti allo specchio.

Era tornato in cucina. Sua madre stava come l'aveva lasciata, niente si muoveva di lei. Suo padre teneva una mano sul collo del cane che gli si era drizzato contro i ginocchi, ma guardava un punto qualunque della parete, e quando Ugo rientrò suo padre si mise a guardargli i piedi.

Ugo sospirò, si mosse e allora suo padre scostò il cane, si alzò, tese una mano verso il suo giaccone. – Vengo anch'io.

– No che tu non vieni! – disse forte Ugo.

Suo padre allungò la mano verso il suo berretto.

Ugo gli disse: – Non voglio che tu venga, io sono un uomo, la responsabilità è tutta mia, voglio aggiustar tutto da me, da uomo.

– Vengo anch'io, non voglio che ti facciano niente.

– Non mi faranno niente.

– C'è tre uomini in quella casa e tre uomini forti come tori. Vengo anch'io che son tuo padre.

Ugo si tirò indietro. – Se ci vieni anche tu, non ci vado io.

Allora sua madre alzò la testa come se si svegliasse e disse: – Lascia che venga anche tuo padre –. Poi, mentre suo padre l'aveva preso per un braccio e lo spingeva fuori, lei disse ancora: – E non lasciate che tormentino quella povera figlia disgraziata.

Uscirono insieme, suo padre gli tenne il braccio fin sulla strada, Ugo pensava: «Devo entrare da solo, mio padre adesso me lo levo, che figura ci faccio a farmi accompagnare da mio padre? Non riuscirò piú a sentirmi un uomo per tutta la vita».

Suo padre s'era messo al passo con lui, camminavano come militarmente sul ghiaccio e sulla pietra.

Poi Ugo disse: – Senti che freddo fa, adesso tu torna indietro.

Ma suo padre gli marciava sempre accanto, senza parlare.

All'angolo della casa di lei Ugo si fermò, si mise di fronte a suo padre, gli disse: – Ci siamo. Tu vai al caffè di Giors. Pigli qualcosa di caldo e m'aspetti. Io passo poi a prenderti.

– Entro anch'io.

– Lasciami entrare da solo, lasciami fare la figura dell'uomo.

– Vengo anch'io, non voglio mica che ti rompano, in tre contro uno, sei mio figlio.

– Allora non entro io, piuttosto tradisco Rita. Capisci, padre, io voglio fare la figura dell'uomo, tu non m'hai messo al mondo perché io facessi l'uomo? Loro mi vedono entrare da solo, vedono che non ho avuto paura e pensano che in fondo io non devo averla fatta tanto sporca. Capisci? Sei d'accordo? Allora vammi ad aspettare al caffè di Giors.

Suo padre pensò, poi disse: – Entra da solo. Io ti aspetto qui fuori, non mi muovo di qui. Ma tu fatti sentire se ti battono in tre contro uno. Adesso entra e fai l'uomo.

Ugo andò per il corridoio nero, poi si voltò a vedere dov'era rimasto suo padre, s'era fermato sulla soglia del corridoio, ben risaltando sul fondo della neve e della luce pubblica.

Andando alla porta del sellaio camminava senz'accorgersene in punta di piedi, non faceva rumore.

La porta non era ben chiusa, ne filtrava un filo di luce gialla, avrebbe ceduto a spingerla. Prese una profonda boccata d'aria e spinse.

La cucina era calda, bene illuminata, e c'era soltanto la madre di Rita che stava a pensare seduta accanto alla stufa e con le mani in grembo. Lui non guardò subito la donna, l'aveva preso uno stupore per quella che era la casa di Rita, guardò le quattro pareti e il soffitto, quindi guardò la donna.

Lei era stata a guardarlo, quando lui la fissò, lei chiamò: – Emilio, – ma piano, come se bastasse o come se non le fosse venuta la voce a raccolta. Poi alzandosi gridò: – Emilio! – e in fretta, quasi correndo, andò a una porta verso l'interno e vi sparí.

«Gliel'ha detto», si disse lui e si voltò, andò a chiudere a chiave la porta da dov'era entrato e poi tornò nel mezzo della cucina. Non sapeva dove e come tenere le mani, sentí oltre il soffitto un piccolo rumore come il gemito del legno, fu sicuro che era Rita segregata nella sua stanza, fu lí per mandarle una voce bassa.

In quel momento entrò il padre di Rita e dietro i due fratelli e dietro la madre. Gli uomini portavano tutt'e tre il grembiulone di cuoio del loro mestiere.

Ugo disse buonasera al vecchio e: – Ciao, Francesco. Ciao, Teresio, – ai giovani.

Non risposero. I due giovani si appoggiarono con le spalle alla parete e le mani stese sulle cosce.

Il vecchio veniva. Ugo si tenne dal guardargli le mani e solo le mani, guardargli gli occhi non poteva e così gli guardava la bocca ma non poteva capirne niente per via dei baffoni grigi che ci piovevano sopra. Quando il vecchio gli fu ad un passo allora Ugo lo guardò negli occhi e cosí vide solo l'ombra nera della grande mano levata in aria che gli piombava di fianco sulla faccia. Chiuse gli occhi un attimo prima che arrivasse, lo schiaffo detonò, il nero nei suoi occhi si cambiò in giallo, lui oscillò come un burattino con la base piena di piombo, ma non andò in terra. Fu il suo primo pensiero. «Non son andato in terra». La faccia gli ardeva, ma lui teneva le mani basse.

Il vecchio s'era tirato indietro di due passi, ora lo guardava come lo guardavano gli altri, e c'era silenzio, almeno cosí pareva a lui che aveva le orecchie che gli ronzavano forte.

Sua madre di Rita alzò al petto le mani giunte e cominciò a dire con voce uguale: – La nostra povera Rita. La nostra povera Rita. La nostra povera Rita. La nostra povera…

Ugo disse: – Rita non è mica morta per parlarne cosí –. Teresio, il piú giovane, ringhiò di furore e corse contro Ugo col pugno avanti. Ugo non scartò, ma Teresio sbagliò lo stesso il suo pugno, che sfiorò la mascella di Ugo e si perse al di sopra della spalla. Allora Teresio ringhiò di nuovo di furore, ritornò sotto di fianco, di destro colpí Ugo alle costole.

Ugo fece per gridare di dolore ma gli mancò netto il fiato. Da fuori bussarono. Ugo sentí, gli tornò il fiato per dire: – Non aprite, è soltanto mio padre.

Nessuno della casa si mosse e da fuori suo padre bussò ancora piú secco.

– Va tutto bene. Parliamo. Vammi ad aspettare da Giors, – disse forte Ugo e suo padre non bussò piú.

In quel momento entrò in cucina la sorella minore di Rita.

Francesco le gridò d'andar via e sua madre le disse: – Vai via e vergognati, tu che la accompagnavi fuori e poi lisciavi soli insieme.

Prima di andarsene la ragazza scoppiò a piangere e disse: – Io non credevo che facessero le cose brutte!

Allora Francesco s'infuriò in tutta la faccia, venne deliberatamente da Ugo, lo misurò e lo colpí in piena faccia. Ugo si sentí volare all'indietro, finché sbatté la schiena contro lo spigolo della tavola.

Si rimise su, aspirò l'aria tra dente e dente e poi disse: – Voi avete ragione, ma adesso basta, adesso parliamo. Io sono venuto a darvi la mia parola che sposo Rita. A voi lo dico adesso, ma a vostra figlia l'avevo detto fin da questo autunno. Adesso io aspetto solo che mi dite di sí e che poi mi lasciate andare.

Francesco disse: – Tu sei il tipo che noi non avremmo mai voluto nella nostra famiglia... – come se suggerisse il parlare a suo padre.

Difatti il vecchio disse: – Noi c'eravamo fatti un'altra idea dell'uomo che sarebbe toccato a Rita, credevamo che Rita si meritasse tutto un altro uomo, ma su Rita ci siamo sbagliati tutti. Adesso dobbiamo prenderti come sei e Rita ti sposerà, ha l'uomo che si merita.

La madre disse: – Ormai Rita non potrà avere altro uomo che te. Anche se si presentasse un buon ragazzo, sarei proprio io a mandarlo per un'altra strada.

– Quando la sposi? – domandò il vecchio.

– La sposo l'autunno che viene.

La donna si spaventò, disse con le mani alla bocca: – Ma per l'autunno il bambino... Rita avrà già comprato.

– La sposi molto prima, – comandò il vecchio.

– Deve sposarla nel mese, – disse Francesco.

Ugo fece segno di no con la testa, Francesco bestemmiò e mise avanti un pugno.

Ma il vecchio disse: – Che idee hai? – a Ugo.

– La sposo quest'autunno perché prima non posso, non

sono a posto da sposarmi. E se voi avete vergogna a te-
nervela in casa, avete solo da dirlo. Fatemela venir qui da
dove si trova e io me la porto subito a casa da mia madre.
Resterà in casa mia, ma non da sposa, fino a quest'autunno. Parlate.

Allora Teresio urlò e pianse, si ficcava le dita in bocca,
piegato in due si girava da tutte le parti, da cosí basso gridò piangendo: – Non voglio che Rita vada via, non voglio
che ci lasci cosí, cosa c'importa della gente? le rompere-
mo il muso alla gente che parlerà male, ma non voglio che
Rita vada via cosí, è mia sorella...! – Troncò il gridare e
il piangere, stette a farsi vedere coi capelli sugli occhi e la
bocca aperta e le mani coperte di bava, sembrava un folle.
Suo fratello andò a battergli la mano larga sulla schiena.

– Posso vederla? – disse Ugo dopo.

– No! – gridò il vecchio.

– Non me la fate vedere perché l'avete picchiata? – La
voce gli sibilava un po', per via d'un dente allentato.

Teresio si rimise a urlare e piangere. – Nooo! Non l'abbiamo picchiata, non le abbiamo fatto niente, non avevamo
piú la forza d'alzare un dito, c'è scappato tutto il sangue
dalle vene quando ce l'ha detto! – Mandò un urlo, fece per
mandarne un secondo ma non poté perché sua madre corse
da lui e gli soffocò la bocca contro il suo petto.

Il vecchio disse: – Non ti credere, adesso che abbiamo
deciso per forza quello che abbiamo deciso, non ti credere di poterci venire in casa quando ti piace. Rita la vedrai
una volta la settimana, la festa, qui in casa nostra, alla presenza di sua madre e mai per piú d'un'ora.

Ugo chinò la testa.

Fuori c'era suo padre che l'aspettava, andò verso suo
figlio in fretta per incontrarlo prima che uscisse dal cerchio
della luce pubblica, voleva vedergli la faccia.

Ugo rideva senza rumore, non si fermò, spinse suo padre lontano dal cerchio della luce.

– Padre.

– Di'.

– Rita è tua nuora.

L'odore della morte

Se si frega a lungo e fortemente le dita di una mano sul dorso dell'altra e poi si annusa la pelle, l'odore che si sente, quello è l'odore della morte.

Carlo l'aveva imparato fin da piccolo, forse dai discorsi di sua madre con le altre donne del cortile, o piú probabilmente in quelle adunate di ragazzini nelle notti estive, nel tempo che sta fra l'ultimo gioco ed il primo lavoro, dove dai compagni un po' piú grandi si imparano tante cose sulla vita in generale e sui rapporti tra uomo e donna in particolare.

Un odore preciso lo sentí una sera di un'altra estate, già uomo, e che quello fosse proprio l'odore della morte i fatti lo dimostrarono.

Quella sera Carlo era fermo in fondo alla via dell'Ospedale di San Lazzaro e in faccia al passaggio a livello appena fuori della stazione. Partí l'ultimo treno per T…, soffiava il suo fumo nero su su nella sera turchina, mandava un buonissimo odore di carbone e di acciaio sotto attrito, dai suoi finestrini usciva una gialla luce calma e dolce come la luce dalle finestre di casa nostra. «Otto e un quarto», si disse lui, e tutto eccitato stette a guardare il ferroviere che girava la manovella per rialzare le sbarre.

Dentro la casa al cui angolo stava appoggiato, una don-

na alla quale dalla voce diede l'età di sua madre, si mise a
cantare una canzone della sua gioventú:

> Mamma mia, dammi cento lire,
> Che in America voglio andar...

«Mi piacerebbe trovarmi in America, – pensò, – specialmente a Hollywood. Ma non stasera, stasera voglio far
l'amore nei miei posti», e sprofondò le mani chiuse a pugno nelle tasche dei calzoni.

Carlo aspettava la sua donna di diciotto anni per uscir-
la verso i prati, e non c'è da farla lunga sulla sua voglia né
su come il tempo camminò sul quadrante luminoso della
stazione e lei non venne. Ma ciò che è necessario dire è
che il corpo di lei era l'unica ricchezza di Carlo in quel duro momento della sua vita e che non venendo stasera lui
avrebbe dovuto, per riaverla, vivere tutta un'altra settimana di tensione e di servitú.

Cosí, anche quando fu passata l'ora solita di lei, non si
sentí d'andarsene, di gettare ogni speranza, restava fisso
lí come per scaramanzia, quasi lei non potesse non venire se lui durava tanto ad aspettarla. Ma poi furono le otto
e quaranta, guardandosi attorno vedeva la gente vecchia
seduta sulle panchine del giardino pubblico, erano semis-
cancellati dall'oscurità, ma quelli che fumavano avevano
tutti la punta rossa del sigaro rivolta verso di lui. E quella donna che prima cantava, era lei certamente che prima
cantava, ora stava fuori sul balcone e da un pezzo guardava giú sui suoi capelli.

Dai campanili della città gli scesero nelle orecchie i
tocchi delle nove, e allora partí verso il centro della città,
verso l'altra gente giovane che passeggia in piazza o sie-
de al caffè e deve scacciarsi le donne dalla mente come le
mosche dal naso.

Camminava e ogni cinque passi si voltava a guardare

indietro a quell'angolo. Incontrò due o tre coppie molto giovani, andavano sbandando sull'asfalto come ubriachetti, si cingevano e poi si svincolavano a seconda che entravano o uscivano dalle zone d'ombra lasciate dalle lampade pubbliche. Carlo invidiava quei ragazzi con la ragazza, ma poi si disse: «Chissà se vanno a fare quel che avremmo fatto noi se lei veniva. Se no, non è proprio il caso d'invidiarli».

Deviò per andare a bere alla fontana del giardino. Bevve profondo, poi rialzata la testa guardò un'ultima volta a quell'angolo, e vide spuntarci una ragazza alta, alta come lei, con una giacca giallo canarino che allora era un colore di moda, lei aveva una giacca cosí, e andava velocemente verso il passaggio a livello.

Scattò dalla fontana, mandando un lungo fischio verso la ragazza si buttò a correre per il vialetto del giardino. La gente vecchia ritirava in fretta sotto le panchine le gambe allungate comode sulla ghiaia, lui passava di corsa fischiando un'altra volta.

La ragazza non si voltava né rallentava, lui corse piú forte, a momenti urtava il ferroviere che si accingeva a calar le sbarre per l'ultimo treno in arrivo. Saltò i binari e arrivò alle spalle della ragazza.

Camminava rigida e rapida, stava sorpassando l'officina del gas, lui si fermò perché aveva già capito che non era lei, solo un'altra ragazza pressapoco della sua costruzione e con una giacca identica alla sua. Ma quando l'ebbe capito il terzo fischio gli era già uscito di bocca, e arrivò dalla ragazza che senza fermarsi guardò indietro sopra la spalla e vide lui fermo in mezzo alla via che abbandonava le braccia lungo i fianchi. Rigirò la testa e proseguí sempre piú rapida verso il fondo buio di quella strada.

Lui ansava, e non vide l'uomo che il ferroviere vide

passar chino sotto le sbarre e farsi sotto a Carlo alle spalle. Ma non lo prese a tradimento, facendogli intorno un mezzo giro gli venne davanti e gli artigliò con dita ossute i bicipiti, tutto questo senza dire una parola.

In quel momento Carlo sapeva di lui nient'altro che si chiamava Attilio, che era stato soldato in Grecia e poi prigioniero in Germania, e la gente diceva che era tornato tisico.

Carlo gli artigliò le braccia a sua volta e cominciarono a lottarsi. Guardando sopra la spalla di Attilio, vide per un attimo la ragazza, per nascondersi si era fatta sottile sottile dietro lo spigolo d'una portina, ma la tradiva un lembo scoperto della sua giacca gialla.

Attilio che l'aveva assalito non lo guardava in faccia, anzi aveva abbattuto la testa sul petto di Carlo e i suoi capelli gli spazzolavano il mento. Gli stringeva i muscoli delle braccia e Carlo i suoi, ma Carlo non poteva aprir la bocca e gridargli: «Che cristo ti ha preso?» perché adesso sentiva, vedeva entrargli nelle narici, come un lurido fumo bianco, l'odore della morte, quell'odore che ci si può riprodurre, ma troppo piú leggero, facendo come si è detto in principio. Cosí teneva la bocca inchiavardata, e quando per l'orgasmo non poteva piú respirare aria bastante dal naso, allora torceva la testa fino a far crepitare l'osso del collo. Fu torcendo la testa che vide il ferroviere che stava a guardarli e non interveniva. Lui come poteva capire che stavano battendosi, se loro due non sembravano altro che due ubriachi che si sostenessero l'un l'altro? Ma ciò che il ferroviere non poteva immaginare era come loro due si stringevano i muscoli, Carlo si domandava come facessero le braccia di Attilio, spaventosamente scarne come le sentiva, a resistere alla sua stretta, a non spappolarsi. Però anche Attilio stringeva maledettamente forte, e se non fosse stato per non ingoiare l'odore della morte, Carlo avrebbe urlato di dolore.

Aveva già capito perché Attilio l'aveva affrontato cosí, e lo strano è che la cosa non gli sembrava affatto assurda e bestiale, Carlo lo capiva Attilio mentre cercava di spezzargli le braccia.

Adesso Attilio aveva rialzata la testa e la teneva arrovesciata all'indietro, Carlo gli vedeva le palpebre sigillate, gli zigomi puntuti e lucenti come spalmati di cera, e la bocca spalancata a lasciar uscire l'odore della morte. Chiuse gli occhi anche lui, non ce la faceva piú a guardargli la bocca aperta, quel che badava a fare era solo tener le gambe ben piantate in terra e non allentare la stretta.

Per quanto il campanello della stazione avesse incominciato il suo lungo rumore, poteva sentir distintamente battere il cuore di Attilio, cozzava contro il costato come se volesse sfondarlo e piombare su Carlo come un proiettile.

Decise di finirla, quell'odore se lo sentiva già dovunque dentro, passato per le narici la bocca e i pori, inarrestabile come la potenza stessa che lo distillava, doveva già avergli avviluppato il cervello perché si sentiva pazzo. Alzò una gamba e la portò avanti per fargli lo sgambetto e sbatterlo a rompersi il filo della schiena nella cunetta della strada. Proprio allora la testa di Attilio scivolò pian piano giú fino all'ombelico di Carlo, anche le sue mani si erano allentate ed erano scese lungo le sue braccia, ora gli serravano solo piú i polsi, e Attilio rantolava – Mhuuuh! Mhuuuh! – finché gli lasciò liberi anche i polsi e senza che Carlo gli desse nessuna spinta finí seduto in terra. Poi per il peso della testa arrovesciata si abbatté con tutta la schiena sul selciato.

Carlo non si mosse a tirarlo su, a metterlo seduto contro il muro dell'officina del gas, perché non poteva risentirgli l'odore. Quando fu tutto per terra, si dimenticò che l'aveva capito e aprí la bocca per gridargli: «Che cristo ti ha preso?» ma si ricordò in tempo che l'aveva capito e richiuse la bocca.

Il treno era vicino, a giudicare dal rumore che faceva stava passando sul ponte. Guardò giú nella via per scoprire la ragazza. Aveva lasciato il riparo della portina, era ferma a metà della strada, guardava da lontano quel mucchio di stracci neri e bianchi che formava Attilio sul selciato, poi venne su verso i due con un passo estremamente lento e cauto.

Carlo poteva andarsene, voltò le spalle ad Attilio e andò al passaggio a livello. Quel ferroviere si mise rivolto a guardare il binario per il quale il treno giungeva, ma Carlo poteva vedergli una pupilla che lo sorvegliava, spinta fino all'angolo dell'occhio. Il ferroviere non gli disse niente, del resto avrebbe dovuto gridare. Passò il treno e schiaffeggiò Carlo con tutte le sue luci, i viaggiatori ai finestrini gli videro la faccia che aveva e chissà cosa avranno pensato.

Se ne andava, con le braccia incrociate sul petto si tastava i muscoli che gli dolorivano come se ancora costretti in anelli di ferro, davanti agli occhi gli biancheggiava la pelle appestata di Attilio, e pensava che non sarebbe mai piú stato quello che era prima di questa lotta. Camminava lontano dal chiaro, gli tremavano le palpebre la bocca e i ginocchi. Nervi, eppure si sentiva come se mai piú potesse avere una tensione nervosa, si era spezzato i nervi a stringere le misere braccia di Attilio.

E sempre davanti agli occhi il biancheggiar di quella pelle. Per scacciarlo, si concentrò ad immaginare nel vuoto il corpo della sua ragazza, nudo sano e benefico, ma si ricusava di disegnarsi, restava una nuvola bianca che si aggiungeva, ad allargarla, alla pelle di Attilio.

Andò al bar della stazione ma non entrò, fece segno al

barista da sulla porta e gli ordinò un cognac, cognac medicinale, se ne avevano.

Mentre aspetta che gli portino il cognac, vede spuntar dal vialetto del giardino una giacca gialla. È quella ragazza di Attilio, cammina molto piú adagio di prima, lo vede, si ferma a pensare a qualcosa e poi viene da lui guardando sempre in terra e con un passo frenato. Cosí Carlo ha tempo di studiarle il corpo, comunissimo corpo ma che pretende d'esser posseduto soltanto da un sano.

Arriva, lo guarda con degli occhi azzurri e gli dice con voce sgradevole: – Siete stato buono a non prenderlo a pugni.

– Cognac, – dice il barista dietro di lui. Lui non si volta e poi sente il suono del piattino posato sul tavolo fuori.

La ragazza gli dice ancora: – Voi avete già capito tutto, non è vero?

Le dice: – Credo che anche voi abbiate già capito che io mi ero sbagliato, che vi avevo presa per un'altra. Il triste è che non ha capito lui.

Lei si torce le mani e guarda basso da una parte. Lui le dice ancora: – Scusate, ma perché lui s'è fatto l'idea che c'è uno che vi vuol portar via a lui?

– Perché uno c'è.

– Uno... sano?

– Sí, uno sano. Abbiamo ragione, no? Lui vuole che io sia come prima, ma è lui che non è piú come prima. E poi i miei non vogliono piú.

– Adesso come sta? L'avete accompagnato a casa?

Sí, ma sta malissimo, ha una crisi, la madre di Attilio l'ha mandata a chiamare il medico, di corsa, ma Carlo vede bene che lei non è il tipo da correre per le strade dove la passeggiata serale è nel suo pieno.

Lei gli domanda: – Dove abita il dottor Manzone? Non è in via Cavour?

– Sí, al principio di via Cavour.

La ragazza fa un passo indietro, gli ha già detto grazie, fa per voltarsi, a lui viene una tremenda curiosità, tende una mano per trattenerla, vuole dirle: «Scusate, voi che gli state, gli stavate sovente vicino, voi gliela sentivate quell'odore...?» ma poi lascia cader la mano e le dice soltanto buonasera, e lei se ne va, adagio.

Prese il cognac e andò a casa. A casa si spogliò nudo e si lavò sotto il rubinetto, cosí energicamente e a lungo che sua madre si svegliò e dalla sua stanza gli gridò di non consumar tanto quella saponetta che costava cara.

La notte sognò la sua lotta con Attilio e la mattina all'ufficio di collocamento seppe che l'avevano messo all'ospedale al reparto infettivi.

– La Germania, – disse un disoccupato come Carlo.

– Di chi state parlando? – disse uno arrivato allora. – Chi è questo Attilio? Tu lo conosci? – domandò a Carlo.

– Io? Io gli ho sentito l'odore della morte, – gli rispose Carlo e quello tirò indietro la testa per guardarlo bene in faccia, ma poi dovette voltarsi a rispondere – Presente! – al collocatore che aveva incominciato l'appello.

La sua lotta con Attilio la risognò venti notti dopo e la mattina, mentre andava ancora e sempre all'ufficio di collocamento, si voltò verso un muro della strada per sfregarvi un fiammifero da cucina perché non aveva piú soldi da comprarsi i cerini, e vide il nome di Attilio in grosse lettere nere su di un manifesto mortuario.

Pioggia e la sposa

Fu la peggior alzata di tutti i secoli della mia infanzia. Quando la zia salí alla mia camera sottotetto e mi svegliò, io mi sentivo come se avessi chiusi gli occhi solo un attimo prima, e non c'è risveglio peggiore di questo per un bambino che non abbia davanti a sé una sua festa o un bel viaggio promesso.

La pioggia scrosciava sul nostro tetto e sul fogliame degli alberi vicini, la mia stanza era scura come all'alba del giorno.

Abbasso, mio cugino stava abbottonandosi la tonaca sul buffo costume che i preti portano sotto la vesta nera e la sua faccia era tale che ancor oggi è la prima cosa che mi viene in mente quando debbo pensare a nausea maligna. Mia zia, lei stava sull'uscio, con le mani sui fianchi, a guardar fuori, ora al cielo ora in terra. Andai semisvestito dietro di lei a guardar fuori anch'io e vidi, in terra, acqua bruna lambire il primo scalino della nostra porta e in cielo, dietro la pioggia, nubi nere e gonfie come dirigibili ormeggiati agli alberi sulla cresta della collina dirimpetto. Mi ritirai con le mani sulle spalle e la zia venne ad aiutarmi a vestirmi con movimenti decisi. Ricordo che non mi fece lavare la faccia.

Adesso mio cugino prete stava girandosi tra le mani il suo cappello e dava fuori sguardate furtive, si sarebbe detto che non voleva che sua madre lo sorprendesse a guardar fuori in quella maniera. Ma lei ce lo sorprese e gli disse con la sua voce per me indimenticabile: – Mettiti pure il cappello in testa, ché andiamo. Credi che per un po' d'acqua voglio perdere un pranzo di sposa?

– Madre, questo non è un po' d'acqua, questo è tutta l'acqua che il cielo può versare in una volta. Non vorrei che l'acqua c'entrasse in casa con tutti i danni che può fare, mentre noi siamo seduti a un pranzo di sposa.

Lei disse: – Chiuderò bene.

– Non vale chiuder bene con l'acqua, o madre!

– Non è l'acqua che mi fa paura e non è per lei che voglio chiudere bene. Chiuderò bene perché ci sono gli zingari fermi coi loro cavalli sotto il portico del Santuario. E anche per qualcun altro che zingaro non è, ma cristiano.

Allora il prete con tutt'e due le mani si mise in testa il suo cappello nero. Nemmeno lui, nemmeno stavolta, l'aveva spuntata con sua madre, mia zia. Era (perché da anni si trova nel camposanto di San Benedetto e io posso sempre, senza sforzo di memoria, vedere sottoterra la sua faccia con le labbra premute) era una piccolissima donna, tutta nera, di capelli d'occhi e di vesti, ma io debbo ancora incontrare nel mondo il suo eguale in fatto di forza d'imperio e di immutabile coscienza del maggior valore dei propri pensieri a confronto di quelli altrui. Figurarsi che con lei io, un bambino di allora sette anni, avevo presto perduto il senso di quel diritto all'indulgenza di cui fanno tanto e quasi sempre impunito uso tutti i bambini. Devo però ricordare che la zia non mi picchiò mai, nemmeno da principio quando, per non conoscerla ancor bene, non temevo di peccare contro i suoi comandamenti; suo figlio il prete sí, piú d'una volta mi picchiò, facendomi un vero male.

Non si aveva ombrelli, ce n'era forse uno di ombrelli in tutto il paese. La zia mi prese per un polso e mi calò giú per i gradini fino a che mi trovai nell'acqua fangosa alta alle caviglie, e lí mi lasciò per risalire a chiudere bene. La pioggia battente mi costringeva a testa in giú e mi prese una vertigine per tutta quell'acqua che mi passava grassa e pur rapida tra le gambe. Guardai su a mio cugino e verso lui tesi una mano perché mi sostenesse. Ma lui stette a fissarmela un po' come se la mia mano fosse una cosa fenomenale, poi parve riscuotersi e cominciò ad armeggiare per tenersi la tonaca alta sull'acqua con una sola mano e reggermi con l'altra, ma prima che ci fosse riuscito la zia era già scesa a riprendermi. Poi anche il prete strinse un mio polso e cosí mi trainavano avanti. A volte mi sollevavano con uno sforzo concorde e mi facevano trascorrere sull'acqua per un breve tratto, e io questo non lo capivo, fosse stato per depositarmi finalmente sull'asciutto, ma mi lasciavano ricadere sempre nell'acqua, spruzzando io cosí piú fanghiglia e piú alta sulle loro vesti nere.

Mio cugino parlò a sua madre sopra la mia testa: – Forse era meglio che il bambino lo lasciavamo a casa.

– Perché? Io lo porto per fargli un regalo. Il bambino non deve avercela con me perché l'ho uscito con quest'acqua, perché io lo porto a star bene, lo porto a un pranzo di sposa. E un pranzo di sposa deve piacergli, anche se lui viene dalla città –. Poi disse a me: – Non è vero che sei contento di andarci anche con l'acqua? – ed io assentii chinando il capo.

Piú avanti, la pioggia rinforzava ma non poteva farci piú danno a noi ed ai nostri vestiti di quanto non n'avesse già fatto, io domandai cauto alla zia dov'era la casa di questa sposa che ci dava il pranzo. – Cadilú, – rispose breve la zia, e io trovai barbaro il nome di quel posto sconosciuto come cosí barbari piú non ho trovati i nomi d'altri posti barbaramente chiamati.

La zia aveva poi detto: – Prendiamo per i boschi.

Scoccò il primo fulmine, detonando cosí immediato e secco che noi tre ristemmo come davanti a un improvviso atto di guerra. – Comincia proprio sulle nostre teste, – disse il prete rincamminandosi col mento sul petto.

Dal margine del bosco guardando giú al piano si vedeva il torrente straripare, l'acqua scavalcava la proda come serpenti l'orlo del loro cesto. A quella vista mio cugino mise fuori un gran sospiro, la zia scattò la testa a guardarlo ma poi non gli disse niente, diede invece uno strattone al mio polso.

Lassú i lampi s'erano infittiti, in quel fulminio noi arrancavamo per un lucido sentiero scivoloso. Per quanto bambino, io sapevo per sentito dire da mio padre che il fulmine è piú pericoloso per chi sta o si muove sotto gli alberi, cosí incominciai a tremare ad ogni saetta, finii col tremare di continuo, e i miei parenti non potevano non accorgersene attraverso i polsi che sempre mi tenevano.

Dopo un tuono, la zia comandò a suo figlio: – Su, di' una preghiera per il tempo, una che tenga il fulmine lontano dalle nostre teste.

Io m'atterrii quando il prete le rispose gridando: – E che vuoi che serva la preghiera! – mettendosi poi a correr su per il sentiero, come scappando da noi.

– Figlio! – urlò la zia fermandosi e fermandomi: – Adesso sí che il fulmine cadrà su noi! Io lo aspetto, guardami, e sarai stato tu…!

– Nooo, madre, io la dirò! – gridò lui tornando a salti giú da noi, – la dirò con tutto il cuore e con la piú ferma intenzione. E mentre io la dico tu aiutami con tutto lo sforzo dell'anima tua. Ma… – balbettava, – io non so che preghiera dire… che si confaccia…

Lei chiuse gli occhi, alzò il viso alla pioggia e a bassa voce disse come a se stessa: – Il Signore mi castigherà, il

Signore mi darà l'inferno per l'ambizione che ho avuta di metter mio figlio al suo servizio e il figlio che gli ho dato è un indegno senza fede che non crede nella preghiera e cosí nemmeno sa le preghiere necessarie –. Poi gli gridò: – Recita un pezzo delle rogazioni! – e si mosse trascinandomi.

Dietro ci veniva il prete con le mani giunte e pregando forte in latino, ma nemmeno io non credevo al buon effetto della sua preghiera, perché la sua voce era piena soltanto di paura, paura soltanto di sua madre. E lei alla fine gli disse: – Se il fulmine non ci ha presi è perché di lassú il Signore ha visto tra noi due questo innocente, – e suo figlio chinò la testa e le mani disintrecciate andarono a sbattergli contro i fianchi.

Eravamo usciti dal bosco e andavamo incontro alle colline, ma il mio cuore non s'era fatto men greve, perché quelle colline hanno un aspetto cattivo anche nei giorni di sole. Da un po' di tempo la zia mi fissava la testa, ora io me la sentivo come pungere dal suo sguardo frequente. Non reggendoci piú alzai il viso al viso di mia zia, e vidi che gli occhi di lei insieme con la sua mano sfioravano i miei capelli fradici, e la sua mano era distesa e tenera stavolta come sempre la mano di mia madre, e pure gli occhi mi apparivano straordinariamente buoni per me, e meno neri. Allora mi sentii dentro un po' di calore ed insieme una voglia di piangere. Un po' piansi, in silenzio, da grande, dovevo solo badare a non singhiozzare, per il resto l'acqua irrorava la mia faccia.

La zia disse a suo figlio: – Togliti il cappello e daglielo a questo povero bambino, mettiglielo tu bene in testa.

Era chiaro che lui non voleva, e nemmeno io volevo, ma la zia disse ancora: – Mettigli il tuo cappello, la sua testa è la piú debole e ho paura che l'acqua arrivi a toccargli il cervello –. Doveva ancor finir di parlare che io vidi tutto nero, perché il cappello m'era sceso fin sulle orecchie, per la larghezza e per il gesto maligno del prete. Me lo rialzai sulla fronte e mi misi a guardar nascostamente mio cugino: si ostinava a ravviarsi i capelli che la pioggia continuamente gli scomponeva, poi l'acqua dovette dargli un particolare fastidio sul nudo della chierica perché trasportò là una mano e ce la tenne.

Diceva: – A quanto vedo, siamo noi soli per strada. Non vorrei che lassú trovassimo che noi soli ci siamo mossi in quest'acqua per il pranzo, e la famiglia della sposa andasse poi a dire in giro che il prete e sua madre hanno una fame da sfidare il diluvio.

E la zia, calma: – Siamo soli per questa strada perché del paese hanno invitato noi soli. Gli altri vanno a Cadilú dalle loro case sulle colline. Ricordati che dovrai benedire il cibo.

Gli ultimi lampi, io li avvertivo per il riflesso giallo che si accendeva prima che altrove sotto l'ala nera del cappello del prete, ma erano lampi ormai lontani e li seguiva un tuono come un borborigmo del cielo. Invece la pioggia durava forte.

Poi la zia disse che c'eravamo, che là era Cadilú, e io guardai alzando gli occhi e il cappello. Vidi una sola casa su tutta la nuda collina. Bassa e storta, era di pietre annerite dall'intemperie, coi tetti di lavagna caricati di sassi perché non li strappi il vento delle colline, con un angolo tutto guastato da un antico incendio, con un'unica finestra e da quella spioveva foraggio. Chi era l'uomo che di là dentro traeva la sua sposa? E quale poteva essere il pranzo nuziale che avremmo consumato fra quelle mura?

Ci avvicinavamo e alla porta si fece una bambina a osservar meglio chi veniva per dare poi dentro l'avviso: stava all'asciutto e rise forte quando vide il bambino vestito da città arrivare con in testa il cappello del prete. Fu la prima e la piú cocente vergogna della mia vita quella che provai per la risata della bambina di Cadilú, e mi strappai di testa il cappello, anche se cosí facendo scoprivo intero il mio rossore, e malamente lo restituii al prete.

Pioggia e la sposa: non altro che questo mi balzò dalla memoria il giorno ormai lontano in cui da una voce sgomenta seppi che mio cugino, il vescovo avendolo destinato a una chiesa in pianura e sua madre non potendovelo seguire, una volta solo e lontano dagli occhi di lei, s'era spretato, e lassú in collina mia zia era subito morta per lo sdegno.

Indice

p. v   *Presentazione*   di Dante Isella

XI   *Cronologia*

I ventitre giorni della città di Alba

3   I ventitre giorni della città di Alba

21   L'andata

38   Il trucco

44   Gli inizi del partigiano Raoul

64   Vecchio Blister

79   Un altro muro

101   Ettore va al lavoro

123   Quell'antica ragazza

128   L'acqua verde

132   Nove lune

146   L'odore della morte

154   Pioggia e la sposa

Stampato per conto della Casa editrice Einaudi
presso ELCOGRAF S.p.A. - Stabilimento di Cles (Tn)

C.L. 22695

Edizione   Anno

7   8   9   10   11   12   13   2015   2016   2017   2018